Susanna Francalanci / Laura Lombardi • YOUNG INVESTIGATORS

cbt

© privat

DIE AUTORINNEN

Laura Lombardi und Susanna Francalanci leben in Mailand, sind ein bisschen mehr als vierzig Jahre alt und haben je eine Tochter. Beruflich waren sie immer vorwiegend für das Fernsehen tätig: mal als Redakteurinnen, mal als Regisseurinnen, mal als Drehbuchautorinnen. Seit sie sich 1998 kennengelernt haben, arbeiten sie zusammen, für den italienischen Staatssender RAI und für das italienischsprachige Schweizer Fernsehen. Im Jahr 2004 beschlossen sie, es mit einer Reihe für Jugendliche zu versuchen – die »Young Investigators« waren geboren.

Susanna Francalanci /
Laura Lombardi

YOUNG INVESTIGATORS
Die zehnte Stunde

Aus dem Italienischen von
Dorothee Hofer Oldenbruch

cbt

cbt – C. Bertelsmann Taschenbuch
Der Taschenbuchverlag für Jugendliche
Verlagsgruppe Random House

Gedruckt auf PEFC-zertifiziertem Papier
Tauro Offset von M-real.

1. Auflage
Deutsche Erstausgabe Juli 2008
Gesetzt nach den Regeln der Rechtschreibreform

Die Originalausgabe erschien 2005 unter dem Titel »Detective all prova. La decima ora“
bei Vallardi Industrie Grafiche S.r.l., Mailand

Übersetzung: Dorothee Hofer Oldenbruch
Lektorat: Luitgard Distel
Umschlagkonzeption: schwecke.mueller werbeagentur GmbH, München
SE · Herstellung: CZ
Satz: Buch-Werkstatt GmbH, Bad Aibling
Druck und Bindung: Westermann-Druck, Zwickau
ISBN 978-3-570-30449-5
Printed in Germany

www.cbj-verlag.de

Inhalt

Vorwort

Was für ein Detektiv bist du? Spürnäschen, Spürhund, Großer Schnüffler oder Young Investigator? Entdecke dein Talent!

Young Investigators ist eine Reihe für Kids. Krimis zum Lesen und zum Lösen. Die Leserinnen und Leser können aktiv bei den Ermittlungen mitwirken und zur Aufklärung des Falles beitragen.

Um die eigenen kriminologischen Fähigkeiten zu ermitteln, sind Fragen zu beantworten. Dazu müssen in den Text und die Zusatzdokumente eingestreute Hinweise und Indizien erkannt und ausgewertet werden. Zusatzdokumente können Arztberichte sein, Fotos, Stofffetzen, Zeitungsausschnitte, Fahrkarten, Telegramme, Eintrittskarten, Zigarettenstummel, Glassplitter, Briefe … eingebaut als echte, im Laufe der Ermittlungen zusammengetragene Spuren und Beweismittel.

Zu den Aufgaben der *Young Investigators* gehören auch die Lösung eines Anagramms, ein Bilderrätsel, die Auswertung von Indizien beziehungsweise von Spuren am Tatort.

Jede richtige Antwort wird mit einer bestimmten Anzahl von Punkten belohnt. Diese werden auf dem »Krimimeter« im Anhang eingetragen, sodass man am Ende des Buches die eigenen Fähigkeiten in Sachen Gedächtnis, Logik und Intuition bewerten kann.

So können die Leserinnen und Leser ihre Talente entdecken und sehen, ob sie sich für eine Laufbahn als Detektiv oder Detektivin eignen.

Und wer sich gar nicht detektivisch betätigen möchte – dem wünschen wir einfach viel Spaß beim Lesen!

tutti esseri umani.
.no in comune un
ιuasi identico – ma
che li costruisce e
, e che vengono
ιesto vale per ogni
Terra. I mattoncini
ι fatti di minuscole
con il microscopio.
ι fanno eccezione.
:a 100 trilioni (cioè
ι questi mattoncini
ù queste cellule
ιpia di un "piano
complesso di
:e le cellule e le
:e le varie parti del
ono chiamate geni,
sono fatti di una
:ia chiamata DNA.
anno scoprendo
nodo in cui i geni e
costruire il nostro

il "piano generale"
umano identico in
ι non esattamente.
seri umani possono
:mmine, e il loro
e (cioè quella parte
ιini, vedi è diverso.
.ei gemelli identici,
ιratteristiche come
: della pelle, suono
to varie. Ognuno di
di un tema umano

e istruzioni
: per sempre. Però
esseri umani si
fanno i bambini – e
ì che una nuova
posto di quella che
Quando un uomo e
ducono, parte del
ogni genitore viene
rmare un nuovo
certamente umano,
:ie di istruzioni. Il
nata mostrano le
rambi i genitori, ma

Gli esseri viventi sono fatti di minuscole cellule, visibili solo con il microscopio. Gli esseri umani non fanno eccezione. Ognuno di noi ha circa 100 trilioni (cioè 100.000.000.000.000) di questi mattoncini viventi. Per di più queste cellule contengono una copia di un "piano generale". Questo complesso di istruzioni costruisce le cellule e le organizza per formare le varie parti del corpo. Le istruzioni sono chiamate geni, che

Einbruch am helllichten Tag in der Via Puccini: Diebe verletzen Hund, um wertloses Bild zu stehlen.

DIEBSTAHLSERIE IN ACQUAVERDE REISST NICHT AB

STADTTEIL ACQUAVERDE – Wieder ein Diebstahl in der Via Puccini: Gestern früh drangen Einbrecher in Abwesenheit des Eigentümers Aldo Crispone in die Wohnung im obersten Stock der Via Puccini 7 ein. An der Wohnungstür wurden keine Einbruchspuren gefunden. Vermutlich sind die Diebe über ein Baugerüst am Nachbarhaus und anschließend durch ein offen stehendes Fenster in die Wohnung eingestiegen.

Die Einbrecher hatten ihr Opfer offenbar genau beobachtet, brachten sie doch mit Schlafmitteln versetzte Frikadellen mit, mit deren Hilfe der fünfjährige Bullterrier des Wohnungseigentümers wohl gefügig gemacht werden sollte. Doch der Hund ließ sich nicht überlisten und biss sogar einen der Eindringlinge, der ihn daraufhin mit einem schweren Gegenstand an der Pfote verletzte. Die Diebe ergriffen die Flucht, wobei sie nur ein Gemälde von geringem Wert entwendeten. Hat der Hund ihre Pläne durchkreuzt? Suchten sie eigentlich nach etwas anderem? Aldo Crispone erklärte, er besitze nichts von Wert, er sehe keinen Grund, weshalb die Diebe es auf ihn abgesehen haben sollten. Nach Angaben der Polizei handelt es sich um einen weiteren in einer ganzen Reihe von Diebstählen im Stadtteil Acquaverde. Die Ermittler vermuten, es könnte sich um eine Diebesbande handeln, gegenüber der sie bisher machtlos zu sein scheinen. *(m.p.)*

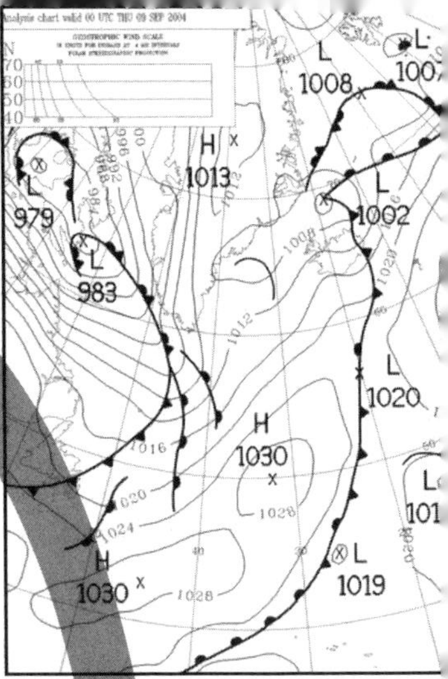

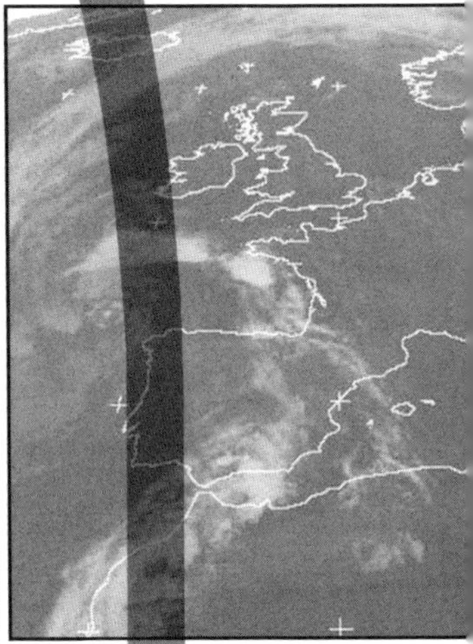

PREVISIONI DE

Nord: sereno o poco nuvolo
settore alpino durante le or
foschie durante le prime ore
Centro e Sardegna: sereno
annuvolamenti pomeridiani s
Sud e Sicilia: sereno o poc
Temperature: senza variazio
diminuzione le minime sul ve
Venti: moderati settentrion
deboli nord-orientali sul res
settore Adriatico.
Mari: mosso l'Adriatico e lo
molto mosso; poco mossi gli
basso Tirreno.

TEMPERATURE	MI
Alghero	21
Ancona	18
Aosta	14
Bari	16
Bologna	17
Bolzano	13
Cagliari	18
Campobasso	12
Catania	16
Firenze	17

Für Anna und Caterina

Sine pennis volare haud facile est.
Ohne Federn zu fliegen, ist nicht leicht.
PLAUTUS

10. Juni 1944

Heute habe ich mein eigenes Urteil unterzeichnet: ewige Verdammnis. So sei es. Sein Fluch ist mein Fluch geworden. Wir werden gemeinsam in der Hölle schmoren, Hüter des Geheimnisses, solange es ungelüftet bleibt. Wohl bekomm's! Aber er hat sein Schicksal ja gesucht, der Bastard!

Endlich war es mir gelungen, mich aus diesem unerträglichen Sessel zu befreien, ich war auf meinem Schiff. Der Wind, das Meer, der Krieg zu Ende, einen Augenblick lang fühlte ich mich wieder lebendig. Und dann tauchte er plötzlich auf, stieg durch die Luke aufs Deck. Mit gierigen Augen, mit heiserer, drohender Stimme.

»Ich will wissen, wo er ist«, sagte er.
Tausend Böller und Kanonen! Ausgerechnet dir werde ich es verraten! Da begann er, mir zu drohen.
»Wenn du es mir nicht sagst, kommst du nie mehr lebend nach Hause!«
Der gemeine Hecht. Er wusste schon alles, er hätte nur sein kleines Fischhirn in Bewegung setzen müssen.
Er lachte höhnisch.
»Was willst du von mir?«, fragte ich. »Ich habe bezahlt, dein Auftrag ist erfüllt!«
»Ich kenne das Geheimnis«, antwortete er.
»Dann geh doch hin und hol ihn dir!«

Es war, also hätte ich eine Lunte angezündet … Er stürzte sich auf mich, ich fiel bäuchlings auf den Tisch. Der Stock fiel herunter, ich schnappte nach Luft, konnte die Pistole in der Schublade greifen, atmete einmal tief durch und drehte mich um. Ein wenig nur, gerade genug, um zu schießen und ihn zu treffen. Dann habe ich ihn ins Meer geworfen. In den feuchten Sarg, zum ewigen Schlummer mit den Fischen!

Der Knall dröhnt mir immer noch in den Ohren.

Diebstahl im Hause Crispone

Aldo Crispone war nach dem seltsamen Einbruch in seiner Wohnung noch ganz durcheinander und verwirrt, als ihm eine Anzeige ins Auge fiel, die jede Woche in der Lokalzeitung stand:

Er beschloss, die Detektei Cristallo anzurufen, und noch am gleichen Morgen stattete ihm Detektivin Sara Du einen Besuch ab.

Sie machte auf ihn nicht nur einen äußerst professionellen Eindruck, sie war außerdem eine angenehme, elegante Erscheinung. Als Crispone ansetzte, um ihr seine seltsame Geschichte zu erzählen, stoppte Sara Du ihn, zog ein Mini-Aufnahmegerät aus der Tasche, drückte die Aufnahmetaste und bedeutete ihm, er solle mit seinem Bericht beginnen.

»Es war vor drei Tagen … ich hatte meinen Hund Otto schon Gassi geführt und bin dann noch einmal auf einen Kaffee nach unten an die Bar gegangen. Offenbar hat man mich beobachtet, denn die Diebe müssen über das Gerüst am Nachbarhaus geklettert und dann durch das Wohnzimmerfenster, das leider offen stand, in meine Wohnung eingestiegen sein. Sie hatten mit

Schlafmitteln versetzte Frikadellen dabei, und die Polizei sagte, es sei ein sehr starkes Schlafmittel gewesen! Glücklicherweise ist Otto darauf abgerichtet, von Fremden kein Fressen anzunehmen, außerdem hat er nach dem Kerl geschnappt. Einen kräftigen Biss muss der abbekommen haben! Sogar Blutspuren habe ich gefunden.« Crispones Stimme zitterte immer noch vor Aufregung und Angst.

»Wo denn?«

»Hier, in der Nähe des Fensters.«

»Und Sie haben sie weggewischt!«

»Ja, natürlich, wir haben sauber gemacht …«

»Aber Herr Crispone! Spuren bedeuten Beweise! Jedes Indiz ist kostbar!«

»Mmh, das habe ich nicht bedacht … Aber, sehen Sie, dieses braune Stück Stoff habe ich aufgehoben … Sieht es nicht aus wie der Stoff von einem ganz normalen Arbeitsoverall? Eine Art Blaumann in Braun. Otto hatte es zwischen den Zähnen. Er muss ihn ganz schön ins Bein gebissen haben … geschieht ihm ganz recht! Der Tierarzt meinte, das arme Tierchen müsste zwei Wochen lang ohne die verletzte Pfote auskommen. Wissen Sie, was für eine Qual das für ihn ist? Genau das Beinchen, das er immer zum Pinkeln hebt!«

»Was ist ihm denn zugestoßen?«, fragte Sara Du.

»Wie kann man nur so brutal sein! Mit einem schweren Granitaschenbecher haben sie nach ihm geworfen!«

»Oh, der Ärmste … aber haben die Diebe denn noch andere Spuren hinterlassen?«

»Die Frikadellen.«

»Frikadellen – immerhin … Was waren das denn für Frikadellen?«

»Wie meinen Sie – was für Frikadellen? Hackfleischbällchen eben …«

»Ja, schon – aber wie waren die zubereitet? In Tomatensauce? In brauner Soße? Mit Semmelbröseln? Mit Zwiebeln? Mit Petersilie …?«

»Wie soll ich das wissen! Ist das nicht egal?«

»Nein, das ist keineswegs egal. Zunächst einmal kommt es bei einer Frikadelle auf ihre Zubereitung an: Ist sie noch roh oder ist sie schon gebraten. In letzterem Fall wäre sie ja praktisch ein Essensrest. Und da die Frikadelle, die gebratene zumindest, für mich ein typisch weibliches Gericht ist, kann dieses Detail ein aufschlussreiches Indiz sein. Sie können sich gar nicht vorstellen, wie viele Rezepte für die Zubereitung von Frikadellen …«

»Oma, hör mal, ich spule jetzt vor, deine Frikadellenlehre kennen wir ja …«

Ja, hinter dem Decknamen der Ermittlerin Sara Du verbarg sich in Wirklichkeit Flora Valé, eine etwas kauzige Dame mittleren Alters, Ex-Schauspielerin, außerdem Oma dreier Enkel: Francesco, drei Jahre alt, Marta und Leo. Das eben mit dem Vorspulen war Leos Vorschlag gewesen, der sich zusammen mit seiner Cousine die Aufnahme des Gesprächs mit Crispone anhörte.

Leo war der Sohn von Giovanni, Floras Sohn. Marta die Tochter von dessen jüngerer Schwester Elena. Beide waren zwölf Jahre alt und nicht nur Cousin und Cousine, sondern auch unzertrennliche Freunde. Sie machten alles gemeinsam: Hausaufgaben, Hobbys, Freizeit. Und seit Flora als Detektivin arbeitete, hatten sie ihre Begeisterung für die Aufklärung kniffliger Fälle, geheimnisvoller Rätsel und verworrener Situationen entdeckt und sich kurzerhand zu ihren Assistenten ernannt. Nach langem Überlegen hatten sie sich dann noch den offiziellen Namen »Young Investigators« gegeben.

Flora war einerseits stolz auf das Interesse der Enkel an ihren Aufträgen, andererseits war sie doch etwas besorgt. Nicht nur wegen der möglichen Gefahren, denen sie sich aussetzten, sondern auch wegen der Missbilligung, die ihre eigenen Kinder, vor allem Giovanni, nicht verbargen.

Leos Vater hatte nämlich die Aktivitäten seiner Mutter wiederholt als völlig verrückt bezeichnet und ihr vorgehalten, sie lasse sich auf zweifelhafte Fälle ein, und das auch noch mit den Kindern.

Doch die Ängste der Großmutter und die Missbilligung Giovannis kamen am Ende nie gegen den Eifer der beiden Kinder an, gegen ihren Teamgeist, ihre Verschworenheit und gegen die Hingabe, mit der sie sich immer wieder in eine Sache stürzten.

Leo drückte die Wiedergabetaste.

»Kann ich Ihnen einen Schluck Vermentino anbieten?«

Sara Du nickte. »Danke, für ein Gläschen fruchtigen Weißen bin ich immer gerne zu haben!«

»Na klar, Oma«, grinste Leo, »ein guter Schluck löst die Zunge, wie Bettie Lynx sagen würde.«

Bettie Lynx hieß die Stardetektivin einer erfolgreichen Krimiserie, in der

Flora mehr als zwanzig Jahre lang die Hauptrolle gespielt hatte. Zwei Jahrzehnte, im Laufe derer sie kriminologisches Wissen aufgesaugt und sich derart mit der Rolle der Ermittlerin identifiziert hatte, dass sie sich nach dem Ende ihrer Filmkarriere entschloss, eine Detektei zu eröffnen.

»Also, was die Frikadellen angeht«, sagte Crispone, »die habe ich der Polizei zur Analyse übergeben, und um ihre kulinarischen Eigenschaften habe ich mich nicht gekümmert ...«

»Dann erzählen Sie mir von dem gestohlenen Bild. War es ein Familienerbstück? Ein wertvolles Bild?«

»Ach was, es war ein kleines Bild von einem Segelschiff. Ich hatte es ganz zufällig auf einer Versteigerung von Kuriositäten erstanden ... Seeräubersachen wurden da verkauft. Vor vier oder fünf Jahren muss das gewesen sein, ich weiß es nicht mehr genau. Eine Bekannte hatte mich mit hingenommen ... und sie hat mich überredet, das Bild zu ersteigern. Es war kein teures Bild, alles andere als das, aber ... es ist dennoch schade drum. Zum Fenster hinausgeworfenes Geld ...«

»Und was hat Ihre Bekannte bei der Versteigerung gekauft?«

»Ich weiß es nicht mehr. Es war alles etwas merkwürdig ... Oder doch! Sie hat die Augenbinde eines Piraten gekauft ... der hieß Keinauge oder so ähnlich.«

»Können Sie sich an den Namen des Malers erinnern, der das gestohlene Bild gemalt hat?«

»Casali hieß er. Sehen Sie, es steht sogar auf der Rechnung.«

»Und weshalb hat Ihre Bekannte Sie zu dem Kauf überredet? Warum hat sie es nicht selbst gekauft?«

»Ich weiß nicht ... Sie hatte gemerkt, dass es mir gefiel.«

»Könnten Sie mir den Namen Ihrer Bekannten nennen? Vielleicht hat sie Informationen, die uns weiterhelfen ...«

»Ach was! Was hat denn meine Bekannte damit zu tun?«

»Nun ja, es ist nun einmal so ... sie wusste, dass Sie das Bild besitzen!«

»Glauben Sie mir, meine Bekannte hat mit der ganzen Geschichte mit Sicherheit nichts zu tun ... Nun gut, wir hatten vor einiger Zeit einen kleinen Streit und seither haben wir uns nicht mehr gesprochen ... Aber ich bin mir sicher, dass sie meinem lieben Ottolein nichts antun könnte. Und sei es nur, weil sie Angst vor Hunden hat. Allerdings haben wir uns ja gerade wegen

Otto gestritten … Wer weiß … Vielleicht haben Sie doch recht? Könnte es Gianna gewesen sein?«

»Das habe ich ja gar nicht behauptet!«

»Schon, aber es ist wahr, dass sie meinen Otto nicht leiden konnte. Sie war eifersüchtig …«

»Verzeihung, wenn ich etwas indiskret bin, Herr Crispone, aber von welcher Art ist Ihre Beziehung zu Ihrer Bekannten?«

»Wir sind befreundet, nur befreundet …«

»Weshalb hätte sie dann eifersüchtig sein sollen?«

»Nun ja, vielleicht war es für sie … Wissen Sie, sie sagte immer: ›Was soll das, zwei Menschen allein in zwei verschiedenen Wohnungen?‹ Verstehen Sie, sie dachte da schon in diese Richtung, aber nichts Ernsthaftes!«

»Also gut, wie heißt sie denn? Gianna wie?«

»Nein, das geht wirklich nicht …«

»Nur für ein, zwei harmlose Fragen.«

»… Traversi. Gianna Traversi heißt sie. Aber ich glaube nicht, dass sie … ich bin immer noch so verwirrt … Als wäre in meinem Kopf nur Platz für die eine Frage: Weshalb wurde gerade bei mir eingebrochen? Was hat man gesucht? Haben die Einbrecher das alles wirklich nur wegen dieses einen, unbedeutenden kleinen Gemäldes gemacht? Wollten die vielleicht etwas anderes? Ich habe mich auch schon gefragt, ob sie vielleicht Otto entführen wollten und es ihnen nur nicht gelungen ist. Aber aus welchem Grund?«

»Nun, das würde einiges erklären. Das ist eine interessante Spur …«

»Womöglich, um ihn als Kampfhund abzurichten. Vor ein paar Monaten hat man schon einmal versucht, mein Schnuckelchen zu entführen. Otto war im Auto geblieben, während ich die Zeitung kaufen ging. Jemand hat versucht, die Tür aufzubrechen und den Hund mitzunehmen. Aber ich schließe immer ab, ich bin ja nicht dumm. Hier im Viertel weiß jeder Bescheid. Und deshalb passen alle besonders gut auf. Denn es gibt Leute, die stehlen Hunde, vor allem große Rassen, um sie, wie man sagt, für Hundekämpfe abzurichten.«

»Und jetzt gehen wir was essen«, verkündete Oma Flora und schaltete das Tonbandgerät ab.

Während sie Leo und Marta in Richtung Küche schob, waren die zwei schon voll im Ermittlungsfieber. »Und das Bild? Was hätte dann das Bild damit zu tun?«, wunderte sich Leo.

»Ich glaube«, meinte Oma Flora, »die Diebe hatten es eigentlich auf Otto abgesehen. Und das Bild haben sie einfach so mitgehen lassen, um davon abzulenken oder weil es ihnen gefiel.«

»Und was sagt die Polizei? Er hat den Diebstahl doch angezeigt«, fragte sich Marta.

»Die Polizei sagt gar nichts. In solchen Fällen ermitteln die noch nicht mal.«

So rätselten sie, durchquerten indessen eine Reihe kurzer Flure und blieben dann vor einem Speiseaufzug stehen. Flora griff zum Hörer einer Gegensprechanlage: »Ilde? Wir sind da ... prima.« Die Oma legte auf und sagte begeistert: »Heute gibt's Lasagne!«

Flora, ihr Mann Pietro, Leo und dessen Vater Giovanni wohnten in der großen Familienvilla, die vor zehn Jahren zum Hotel umgebaut worden war. Während der Bauarbeiten waren alle Räume des Hauses umstrukturiert und neu gestaltet worden, mit Ausnahme der Stockwerke, in denen die Besitzer wohnten. Hier war die ursprüngliche Raumaufteilung erhalten geblieben, mit ihren verwinkelten Fluren und Durchgängen, die Marta so gut gefielen. Der Speiseaufzug war allerdings eine Neuerung aus der Zeit des Umbaus und verband die große Küche im Kellergeschoss mit den einzelnen Etagen des Hotels und denjenigen der Familie. Das grüne Licht zeigte das Eintreffen der Lasagne an.

Marta brüllte in den Aufzugsschacht: »Ilde, kommst du auch?«

»Schsch, Marta, wie oft habe ich dir gesagt, du sollst nicht so schreien. Benutz die Gegensprechanlage, wenn du mit Ilde sprechen willst.«

»Ihr seid wohl verrückt«, schrie Ilde zurück, »ich habe viel zu viel zu tun! Ich erwarte euch später zu Kuchen und Schokolade, einverstanden?« Ilde war die Köchin, die seit dreißig Jahren für die Valés arbeitete und schon lange zur Familie gehörte.

Die Oma seufzte. »Was werden die Gäste denken!«

»Soll ich Opa rufen?«

»Der isst nicht mit, Leo. Heute ist er doch im Club.«

»Im Lateinerclub?«, fragte Marta, der der Fall Crispone nicht aus dem Kopf ging.

»Natürlich. Wie immer donnerstags zur *Hora sexta,* wie er sagen würde. Au-

Auktionshaus mit Tradition

Panforte

gegründet: 1912

Herrn
Aldo Crispone
Via Puccini 7
44476 Micca

Rechnungsnr. 317

vom 16. April 2000

AUKTION: SAMMLUNG AVENA AM 12. APRIL 2000

Nr. 1 „Großmast"

Künstler: Antonio Rodolfo Casali

Öl auf Leinwand, 1943/44

Format 20 x 20 cm

Zuschlagpreis	Lit. 880.000
Versteigerungsprovision 19 %	Lit. 167.200
Gesamt	Lit. 1.047.200

BEZAHLT

Auktionshaus Panforte GmbH
Vicolo delle Carrozze 12
44476 Micca
Italien
Gesellschaftskapital: Lit. 120.000.000
UID-Nr.: 1519846788155

ßerdem ist heute sein großer Auftritt. Opa trägt sein Gedicht vor, auf Latein natürlich …«

»Aber Oma … hat denn niemand den Dieb gesehen? Am helllichten Tag?«

Wenn Marta an einem Fall dran war, ließ er sie nicht mehr los. Sie drehte und wendete das Problem in alle Richtungen, umkreiste und betrachtete es von allen Seiten und vollbrachte dabei die unglaublichsten geistigen Wendungen, Perspektivwechsel und Gedankensprünge. Sie war eine Art kriminologische Trapezkünstlerin. Sie folgte nicht einem logischen Gedankengang, sondern Eingebungen, Ahnungen, Spekulationen. Ihr Cousin Leo, der Logik, Schlüssigkeit, den Zusammenhang von Ursache und Wirkung brauchte, konnte ihr nicht immer folgen, wurde auch hin und wieder ungeduldig, musste aber zugeben, dass Marta mit ihrer etwas traumtänzerischen Art, Fragen anzugehen, schon oft die richtige Lösung gefunden hatte.

»Oma, hast du nicht eine Kopie, ein Foto, irgendeine Abbildung von diesem Bild?«

»Doch, natürlich.« Die Oma zog ein Foto aus der Tasche. Da war das Gemälde zu sehen, aber da hatte sich noch etwas vor die Kamera gedrängt …

»… sein Schnuckelchen!«, platzte Leo heraus. »Was ist das denn für ein Foto?«

»Er hatte kein anderes«, sagte die Oma.

»Oma, der ist ja grässlich.«

»Grässlich oder nicht, ich brauche jetzt einen ordentlichen Kaffee. Lasst uns zu Roy gehen.«

* * *

Roy war der Barmann im Hotel der Familie Valé, unbestrittener Herrscher über eine der beliebtesten Bars der Stadt. Seine Familie kam eigentlich aus Apulien, dem Absatz des italienischen Stiefels. Aber ein merkwürdiger Zufall hatte es gewollt, dass er in den USA geboren wurde und deshalb diesen etwas exotischen Namen trug. Die Gäste des Lokals schätzten ihn sehr. Gerne ging man »auf einen Kaffee zu Roy« oder verabredete sich »auf einen Aperitif bei Roy«. Und auch die Oma genehmigte sich ihren Kaffee gerne »bei Roy«.

»Roy, machen Sie mir doch bitte meinen üblichen Kaffee.«

»Schwarz, in der Espressotasse, mit heißem Wasser zum Auffüllen. Echt amerikanisch wie immer, nicht wahr, Frau Valé?«

Roy hatte ein fabelhaftes Gedächtnis. Er erinnerte sich an die Vorlieben jedes Gastes und er konnte aus tausend Varianten Kaffee jeweils genau die richtige servieren: kalter Kaffee mit einem Schuss aufgeschäumter Milch, kalter Kaffee mit einem Schuss Milch ohne Schaum mit Kakao, große Tasse Kaffee verlängert mit heißem Wasser, Kaffee im Glas, Milchkaffee trinkwarm in der großen Tasse (aber Vorsicht, nicht Latte macchiato und auch nicht etwa Cappuccino!), Malzkaffee in der großen Tasse, Malzkaffee in der kleinen Tasse, Espresso, Kaffee mit Schnaps ... Roy konnte sich an die Wünsche all seiner Gäste erinnern und schuf so mit jedem von ihnen eine Verbundenheit, eine Vertrautheit, die viele als eine Art Fortsetzung ihrer Privatsphäre betrachteten. So kam es wohl, dass sie ihm, der ein stets geduldiger und diskreter Zuhörer war, Vertrauen entgegenbrachten, ihm ihr Herz ausschütteten, ihm ihre innersten Gedanken, und nicht selten, ihre geheimsten Nöte anvertrauten.

Leo und Marta waren auf die Hocker an der Theke geklettert, Marta mit dem ihr eigenen Gesichtsausdruck eines konzentrierten Wiesels.

»Oma, du kannst aber auch nicht ganz ausschließen, dass der Dieb nicht doch an dem Bild interessiert war.«

»Natürlich nicht.«

»Könnte es denn nicht sein, dass das Bild zum Beispiel viel mehr wert ist, als dieser Crispone gesagt hat?«

»Er hat es auf einer Auktion gekauft. Dort wird man den Wert doch hoffentlich richtig geschätzt haben.«

»Hier ist Ihr Kaffee. Was wollt ihr, Kinder? Darf es ein kleines Eis sein?«

»Ja bitte, Roy. Erdbeer und Schokolade mit Sahne.« Leo ließ nie eine Gelegenheit aus, Süßes zu essen, was immer es war. Die Oma musterte ihren Enkel: »Wo bleibt bei dir nur der ganze Zucker, dünn, wie du bist? Marta, auch ein Eis?«

»Nein danke, für mich nichts. – Wer weiß, vielleicht hat ein Enkel des Malers das Bild geklaut.« Marta redete mehr mit sich selbst.

»Und aus welchem Grund?« Leo musste gleich nachhaken.

»Nun ja, vielleicht, um alle seine Bilder zu besitzen. Vielleicht für ein Museum oder um sie als Sammlung zu verkaufen, was weiß ich!«

»Na klar, ein Bild klauen und es dann zum Verkauf anbieten. Echt clever.«

»Dann behalten sie es eben. Es war das einzige, das in ihrer Sammlung fehlte … irgendein Motiv werden sie haben!«

»Weshalb müssen sie unbedingt ein Motiv haben?«, meinte Flora. »Wie würde der Opa sagen: *Cui prodest?* Wem nützt es? Wir brauchen mehr Informationen über dieses Bild und die besorgt ihr. Ich kümmere mich inzwischen um die andere Spur, die mit dem Hund. Einverstanden?«

»Was heckt ihr denn schon wieder aus?« Die drei waren so in das Gespräch vertieft, dass sie nicht gemerkt hatten, wie Leos Vater Giovanni zu ihnen an die Theke getreten war. Giovanni hatte aus ihrer Art zu reden erraten, dass sie wieder einmal von einem neuen Fall gefesselt waren.

»Nichts … Hallo, Onkel Giovanni.«

»Hallo, Spürnasen. Und?«

»Ach, hallo, mein Lieber«, mischte sich die Oma ein, »du siehst müde aus. Hast du überhaupt etwas gegessen?«

»Ihr verheimlicht mir etwas. Ich sehe es euch doch an … Leo, komm, raus mit der Sprache!«

»Nichts, Onkel Giovanni, ich habe nur erzählt, dass meine Chemielehrerin der Gaudenzi eine Note gegeben hat und …« Marta hatte immer sofort eine Ausrede parat.

»Du hast aber auch schon besser geflunkert, Marta! Nun ja, ich habe jetzt keine Zeit, nachzubohren. Draußen wartet eine japanische Reisegruppe, die keinen Schritt macht, wenn nicht irgendwo ein Fähnchen vor ihr hergetragen wird. Aber bitte, Leo, seid vorsichtig, ich verlasse mich auf dich! Mit diesen beiden Damen hier … provoziert keinen Ärger, der nicht sein muss, verstanden?«

Oma und Enkel zwinkerten sich zu, während Giovanni, ein gut aussehender Mann um die vierzig, in seiner gepflegt lässigen Art jederzeit eine elegante Erscheinung, sich in Richtung Gäste aus dem Land der aufgehenden Sonne aufmachte.

»Auf, Kinder, es ist Zeit für die Hausaufgaben.«

»Und was hast du vor, Oma?«

28. April 1944

Damals, als ich die ganze Geschichte erfuhr, war ich so alt wie jetzt mein Sohn, sechzehn. Da fuhr ich schon zur See, als Matrose auf einem Frachter: rauf und runter, von hier in die Südsee, in den Pazifik. Wir transportierten Kautschuk und verbrachten Monate auf See, ohne einmal festen Boden zu betreten. Was für Orte! Was für ein Leben. Monate und Nächte voller Geschichten, Erzählungen, Fantastereien …

Giulio, der Heizer. Schön heiß war es da unten bei ihm. Ich habe immer gedacht, deshalb heiße er wie der Südwind: Scirocco. Aber er war eben auch ein etwas windiger Typ.

Abends konnte man gut sitzen, da unten. Geschichten kannte er ohne Ende und die Nacht verging wie im Flug. Dann wurde er krank: Malaria. Davon erholte er sich nicht mehr. Wie er zu sagen pflegte: Der Rum ist alle, die Hölle ist da.

Er wollte mir seine Geschichte vererben, die schönste von allen, sein Geheimnis. Und mein Fluch, seit vielen Jahren.

Daran habe ich gedacht, als heute mein Sohn zu Besuch kam. Er hat Fragen gestellt; zum ersten Mal überhaupt wirkte er neugierig.

»Was ist das?«
Was? Ach so! Rotbarts Stiefel, mit dem Einschussloch einer Gewehrkugel. Was hat er da Augen gemacht! Er ist sechzehn, aber noch ein Kind.
»Und das?«
Draguts Pistole. Und das der Säbel von Alug-Ali, den alle nur »Brillen-Ali« nannten, und das hier … das ist die Augenbinde von einem der Größten unter ihnen: Einauge.
»Dragut? Brillen-Ali … wer sind die denn?«
Wie: »Wer sind die denn?« Bei allen Dämonen des Meeres! Seeräuber sind sie! Grünschnabel! Die größten Piraten unserer Meere! Männer mit Mut, Männer ohne Skrupel. Männer, die das Abenteuer und das Meer mehr liebten als ihr eigenes Leben … Er wollte mehr wissen: über das Astrolabium, die Pfeife von Kidd, die Donnerbüchse von Caracosa. Als er erfuhr, dass die Muskete mit

kurzem Lauf Donnerbüchse genannt wird, musste er lachen. Er fragte nach der Fahne des alten Roger: ein Teufelsskelett mit einem Pfeil in der Hand, der ein blutendes Herz durchstößt.

Junge, du hast dir die richtige ausgesucht, aber Fahnen habe ich noch viele andere! Schau, da drüben! Am meisten hat ihn Schwarzbarts Totenkopf beeindruckt. Irgendjemand hat einen Becher daraus gemacht und das ist tatsächlich ein wenig gruselig.

Er hat gefragt: »Bist du denn sicher, dass das auch ein echter Totenkopf ist?«

Natürlich ist das ein Totenkopf, das gewiss, aber ob es auch der von Schwarzbart ist, das könnte ich nicht wirklich beschwören.

Als ich ihn gekauft hatte, wollte ich das gerne glauben.

Ich habe auch noch einmal darüber nachgedacht, ob ich das Geheimnis nicht doch meinem Sohn anvertrauen sollte. Aber das habe ich mir gleich wieder anders überlegt. Er hat sie ja gesehen, aber er hat nichts gesagt, kein Wort, nichts bemerkt. Wie kann es sein, dass sich jemand nicht fragt, was sie zu bedeuten haben? Ein Junge in seinem Alter müsste sie doch rätselhaft finden! Nein, wenn er es versteht, dann wird er es ganz alleine verstehen, ohne meine Hilfe.

Erste Ermittlungen, erste Spuren

»Lola heißt er? Was für ein netter Hund. Und Sie schaffen es, dass er bis elf Uhr wartet? Braves Tier, ich konnte meiner Pinza nie beibringen, morgens ruhig zu bleiben und schön zu schlafen. Nein, schon um sieben musste sie immer raus …«

Oma Flora alias Sara Du war dabei, ihrer Spur nachzugehen. Sie wollte herausfinden, ob die Hunde von Acquaverde Ziel und Opfer irgendwelcher übler Machenschaften waren. Sie war kaum zu erkennen mit ihrer kleinen altmodischen Brille, die perfekt auf ihr unscheinbares Aussehen, das mausgraue Kleid und das unterm Kinn geknotete Kopftuch abgestimmt war. Wie immer wenn sie in detektivischem Auftrag unterwegs war, hatte sie sich mithilfe der vielen Verkleidungsstücke aus ihrem Schauspielerfundus so verwandelt, dass sie sich unerkannt in ihrer kleinen Stadt bewegen konnte. Hier kannte sie sonst an jeder Ecke jemand, vor allem, weil sie früher so bekannt gewesen war.

Beim Verlassen des Hauses hatte sie sich vergewissert, dass niemand aus ihrer Familie ihr Weggehen bemerkt hatte. Dann steuerte sie die Grünanlagen in der Nähe der Wohnung von Aldo Crispone an. Kaum hatte sie sich in der Nähe eines »Hundeklos« postiert, kam eine Frau, die ihren Labrador sein Geschäft machen ließ. Sie ging zu ihr hin und sprach sie an. Sie gab vor, mit ihrem Hund in das Viertel ziehen zu wollen. »Doch ich bin etwas besorgt, weil ich diesen Stadtteil gar nicht kenne. Bis jetzt hatte ich ja nie Angst, alleine wegzugehen. Aber wie ist es denn hier?«

Fast drei Stunden verbrachte die Oma in dem Park und nutzte den schönen Nachmittag für einige durchaus angenehme Unterhaltungen. Von ihren Gesprächspartnern, die sich fast wie bei einem Staffellauf ablösten und jeweils den Faden der Unterhaltung an den nächsten weiterreichten, erhielt sie außerdem einige nützliche Informationen: Vor allem ging das Gerücht um, in letzter Zeit seien einige große Hunde entführt worden. Außerdem hatte sie erfahren, dass das Viertel eigentlich immer ruhig und sicher gewesen sei, aber in den letzten Monaten wären eine Reihe verdächtiger Gestalten aufgetaucht.

Am Schluss kam noch ein Junge, der eine Art kleinen Spitz ausführte, den er Whisky nannte. »Sehen Sie das Optikgeschäft dort drüben?«, sagte er. »Ein Stück weiter befindet sich ein Juwelierladen. Der Hund der Inhaber wird seit Kurzem vermisst. Ein wunderschöner Dobermann, den man immer hier im Park traf. Ich weiß das, weil ich gleich über dem Geschäft wohne und die Familie gut kenne.«

»Mein Gott! Dann stimmt es also. Jemand hat es auf Hunde abgesehen. Aber warum nur?«

»Als die Familie Anzeige erstattet hat, deutete die Polizei an, dass es wohl eine Bande gibt, die illegale Hundekämpfe organisiert. Dieses Pack scheint herumzulaufen und Hunde zu entführen …«

Sara Du wirkte erschüttert. Sie dankte ihm, verabschiedete sich und ging. Sie schlug die Richtung ein, die der Junge ihr gezeigt hatte, und sah an der Ecke auch gleich das Juweliergeschäft, von dem er gesprochen hatte.

Sie trat ein und wurde von einem freundlichen Ehepaar um die fünfzig begrüßt.

Die Frau erzählte mit spürbarer Trauer die Geschichte von Gippo, dem verschwundenen Dobermann. Trotz seines Aussehens sei er ein sehr lieber Hund, sagte sie. Außerdem hatten sie ihn abgerichtet, da sie für das Geschäft immer einen Hund gehalten hatten, der sie im Falle eines Überfalls auch schützen würde. »Man ist ja doch nicht mehr so ganz unbesorgt, mit einem Geschäft wie unserem …«

Eines Tages hatte ihre Tochter Gippo ins Auto gepackt, um ihm außerhalb der Stadt etwas Auslauf zu verschaffen. Sie hatte ihn nur wenige Minuten allein im Auto gelassen, während sie etwas erledigte, und als sie zurückkam, war er nicht mehr da. Sie hatte das Auto abgeschlossen, da war sie ganz sicher, aber für die Diebe war das kein Hindernis gewesen.

»Und seither haben wir sie nicht ein Mal mehr lachen sehen! Zwei Wochen ist es schon her, aber sie kann sich einfach nicht damit abfinden. Armer Gippo, wer weiß, was sie mit ihm gemacht haben … Wir sind sicher, dass man ihn für diese Hundekämpfe geholt hat. Man sagt, dass hier ganz, ganz hässliche Dinge geschehen. Arme Tiere, wer weiß, wie man sie derart aggressiv macht …«

»Aber damit solche Gerüchte die Runde machen, muss sie doch jemand gesehen haben«, meine Flora, »man müsste doch wissen, wer sie sind, wie sie aussehen …«

»Unsere Tochter ist ziemlich sicher, dass sie beim Gassigehen öfter einen wenig vertrauenswürdigen Kerl gesehen hat, der ihr zu folgen schien.«

»Und was war das für ein Typ? Kann sie sich an ihn erinnern?«

»Sie weiß jedenfalls, dass er einen großen dunklen Fleck auf einer Wange hatte, einen Leberfleck oder ein Muttermal. Armer Gippo …« Ihre Augen füllten sich mit Tränen, und die Frau begann, leise zu weinen.

Flora schnäuzte sich. Auch sie musste mit den Tränen kämpfen.

* * *

»Opa, wie war's denn? Ich wette, du warst großartig!«

»*Summa laus! Quod erat demonstrandum!* – Höchstes Lob! Was zu beweisen war.«

»Klar … Hör mal, wir gehen jetzt weg!«

»Wie denn, ist denn schon *Hora decima?* Vier Uhr und Zeit für den kleinen Hunger und einen kleinen Ausflug in die Stadt?«

»Ja, Opa! Es ist schon halb fünf!«

»Hausaufgaben erledigt?«

»Klar.«

»Die übliche Runde? Aber bitte, passt gut auf!«

»Opa, sagst du bitte Papa Bescheid? Die Oma ist unterwegs, das weißt du, oder?«

»Ja, ja, ist recht.« Pietro Valé, Floras Mann, Rechtsanwalt im Ruhestand und Lateiner aus Leidenschaft, war von seinem üblichen Donnerstagsessen im Club nach Hause gekommen und hatte sich dann wie immer in seine Bibliothek zurückgezogen, in der er einen großen Teil seiner Zeit verbrachte, fernab des Trubels im restlichen Haus.

Seine Begeisterung für die römische Geschichte und die lateinische Sprache schwappte über die Grenzen seiner Studierstube hinaus in den Alltag der ganzen Familie. So auch seine Marotte, den Tagesablauf nach den *Horen*, den lateinisch benannten Gebetszeiten des mittelalterlichen Stundengebets, einzuteilen. Im Hause Valé stand man zur *Hora Secunda* oder *Matutina* auf, frühstückte zur Terz und ging zur *Komplet*, zur letzten Hore, ins Bett.

Nachmittags trafen sich Leo und Marta meistens mit Freunden und zogen durch die Altstadt, zu Fuß oder mit dem Fahrrad, wobei es feste Treffpunkte gab: die Zweibrückenbar, die Arkaden an der Sophienkirche und natürlich die Piazza. Auf ihren Streifzügen sollten sie sich nicht zu weit vom Stadtzentrum mit seinen Plätzen und Straßen entfernen.

An jenem Tag führte Leos und Martas Weg aber schnurstracks zu einem Antiquariat. Sie glaubten, dass es wichtig sei, den tatsächlichen Wert des gestohlenen Gemäldes festzustellen. Sie wollten klären, ob nicht vielleicht das Auktionshaus einen Schätzfehler gemacht und den Ausrufpreis für das Bild zu niedrig angesetzt hatte.

Außerdem war ihnen auf dem Foto von Crispone in der rotgoldenen Dekoration am Bildrand etwas aufgefallen.

* * *

TEST Nr. 1

Was für Hinweise haben Leo und Marta auf den roten Eckornamenten des Bildes gefunden? Was bedeuten sie, wenn man sie aneinanderreiht?

Trage die Antwort in die entsprechende Zeile auf Seite 135 ein.
Die Lösung findest du, wenn du weiterliest. Wenn deine Antwort richtig war, kannst du dir die entsprechende Punktzahl auf deinem Krimimeter eintragen.

10 PUNKTE

* * *

Leo und Marta stiegen auf die Fahrräder und standen eine Viertelstunde später in einem alten, stark nach Tabak riechenden Geschäft vor einem freundlichen Herrn, der neugierig auf die Fragen war, die ihm diese ungewöhnlichen Kunden stellen wollten.

»Wir gehen in die Realschule ›De Marchi‹ und sollen eine Arbeit über den einheimischen Maler Antonio Rodolfo Casali schreiben. Kennen Sie ihn?«

»Diesen Maler kenne ich sehr gut«, antwortete der Antiquar, »er hat, wenn ich mich recht erinnere, zwischen 1920 und 1944 viel hier in unserer Stadt gearbeitet. Damals war er ziemlich bekannt, aber er hatte nicht wirklich das Zeug zum ganz großen Künstler. Dazu fehlte ihm das gewisse Etwas. Er beherrschte die Technik, das schon, aber es fehlte ihm die Leidenschaft, diese innere Kraft, die den wahren Künstler ausmacht. Schon in der Wahl seiner Themen. Stillleben malte er ... ein akademisch genauer Stil, aber nichts Eigenes ...«

Marta zeigte ihm die Aufnahme von Crispones Gemälde mit Otto im Vordergrund. »Wir haben ein Foto eines Bildes von Casali aufgestöbert, es wurde unserem Onkel gestohlen ...«

»Das ist aber kein Stillleben«, bemerkte Leo.

»Ja, das ist auch ein eher ungewöhnlicher Casali. Er hat ein paar in dieser Art gemalt. Wer weiß, vielleicht eine besondere Periode. Ach, schau an, habt ihr diese Buchstaben gesehen?«

»Ja, aber es hat ein wenig gedauert, bis wir verstanden hatten, dass es die Signatur des Künstlers ist.«

»Genau. Antonio Rodolfo Casali hieß er, und wenn man bei A anfängt und die Buchstaben im Uhrzeigersinn liest, ergibt sich A R CASALI.«

»Was meinen Sie denn«, fragte Leo nun und deutete auf das Gemälde auf dem Foto, »wie viel kann so etwas heute wert sein? Mein Onkel dachte nämlich, es sei wertlos, aber wenn es doch gestohlen wurde ...«

»Was denn? Das Bild oder der Hund?«, lachte der Mann. »Aber Scherz beiseite ... wie ich schon sagte, dieses Bild ist nicht viel wert.«

»Haben Sie denn je eines seiner Bilder gehabt?«

»Nun, Casali war ja von hier, da sind einige seiner Werke bei mir vorbeigekommen. Verschiedene Stillleben, wie ich schon sagte, aber auch eines in dieser Art, mit einem, wie soll ich sagen, Piratenthema.«

»Können wir das Bild sehen?«

»Ich habe es nicht mehr. Es wurde verkauft.«

»An wen denn?« Marta blieb hartnäckig.

»Das dürfte ich euch sowieso nicht verraten. Aber ich weiß auch nicht mehr, wer es war. Ein Gelegenheitskunde.«

»Aber wann denn?«

»Nun mal langsam, Kinder, jetzt stellt ihr doch recht viele Fragen! Findet ihr etwa nicht?«

»Entschuldigen Sie bitte«, schaltete Leo sich ein, »unser Onkel, wissen Sie, der hing nämlich ungemein an diesem Bild. Sie können sich wirklich nicht erinnern?«

»Es ist jedenfalls schon länger her.«

»Und war auf dem Bild auch ein Segelschiff?«

»Nein, das nicht, es war ein Seeräuber, vielleicht auch ein Ritter ...«

»Wer, meinen Sie, könnte das Bild gestohlen haben? Wer könnte sich denn so sehr dafür interessieren?«

»Woher soll ich das wissen.«

»Hatten Sie das Bild bei einer Auktion erstanden?« Leo versuchte, eine Verbindung zu dem Bild von Aldo Crispone herzustellen.

Der Antiquar zog die Augenbrauen hoch und zeigte sich ehrlich überrascht. »Ja, aber wie kommt ihr denn darauf?«

»Nun, unser Onkel hatte seines ebenfalls ersteigert. Haben Sie denn bei der Versteigerung noch mehr gekauft?«

»Nein, da war sonst nichts, was mich interessiert hätte. Aber jetzt seid mir nicht böse, ich habe zu tun. Ihr könnt ja ein anderes Mal wiederkommen.«

Sie waren entlassen. Der Mann stopfte sich seine Pfeife und griff zum Telefon, wobei er in einem Werbeprospekt blätterte, der »Traumurlaub auf Petrosa« anpries und den er auf die Theke gelegt hatte, als die Kinder hereingekommen waren.

Also mussten sie sich wohl bedanken und gehen, aber Marta konnte es sich nicht verkneifen und fragte: »Fahren Sie in Urlaub?«

»Ach, Marta, jetzt lass doch ... auf Wiedersehen«, sagte Leo und schob seine Cousine zum Ausgang, nicht ohne eine Visitenkarte des Geschäfts von der Theke einzustecken.

Draußen überredete Marta Leo, auf die gemeinsame Fahrradrunde mit der Clique zu verzichten und stattdessen zu Hause den nächsten Schritt ihrer Ermittlungen vorzubereiten.

»Wer weiß, warum der uns so plötzlich loswerden wollte! Und was hatte er auf einmal soo Dringendes zu tun? Seinen Urlaub planen?«

* * *

Die beiden radelten zum Hotel zurück. Sie schauten kurz bei Giovanni im Büro vorbei, besorgten sich ein Telefonbuch und gingen dann in Leos Zimmer hinauf, das alle das Grätenzimmer nannten, wegen der riesigen Fischgräte, die als Fresko an der Zimmerdecke prangte.

»Ca ... Casa ... Casali ... schau, fünf Casalis gibt es!« Marta war ganz aufgeregt.

»Aber wozu willst du denn da anrufen?« Leo war mal wieder skeptisch.

»Mensch, Leo, am Ende waren es die Angehörigen des Malers, die das Bild gestohlen haben!«

»Ach, Marta, was sollen seine Verwandten denn damit zu tun haben? Aber wer weiß, vielleicht können sie uns sagen ...«

»Also gut, ich habe schon gewählt ... Guten Tag, bin ich hier bei Casali? Sind Sie mit dem Maler Casali verwandt ... wie bitte? Sie haben den Kontakt abgebrochen? Was für ein Maler? Ja, schon ein Maler, aber ich meinte einen verstorbenen ... nein, nein, nicht Ihr Exmann ist gestorben, das habe ich nicht gemeint ...«

Dieses und zwei weitere Telefonate brachten weiter nichts als Missverständnisse. Beim vierten Anruf dagegen meldete sich eine ältere Dame, die tatsächlich die Ehefrau, vielmehr seit Langem die Witwe des Malers Antonio Rodolfo Casali war. Marta erzählte ihr, dass sie in der Schule ein Referat über die Maler der Stadt halten sollten und dass sie gerne ein Interview mit ihr führen würden. Die Dame sagte zu und sie verabredeten sich für den folgenden Tag.

* * *

Am nächsten Morgen verließ Sara Du das Haus, noch bevor ihr Mann aus dem Bad wieder auftauchte und kurz nachdem sie Leo in Begleitung seines Vaters in Richtung Schule hatte aufbrechen sehen.

Sie trug an diesem Morgen eine flammendrote Perücke und eine dicke Perlenkette zu einem smaragdgrünen Abendkleid, perfekt für einen Galaabend im Theater. Was konnte eine eifersüchtige Frau mehr aus dem Konzept bringen als der große Auftritt einer möglichen Rivalin? Sara Du machte sich auf, Gianna Traversi aufzusuchen. Die Freundin, die Aldo Crispone zu der Auktion mitgeschleppt hatte, die Dame, auf der doch einige Verdachtsmomente lasteten. Als sie an ihrer Haustüre ankam, ging Sara Du ihre Rede im Kopf noch einmal durch.

Sie hatte vor, die Frau zu provozieren, ihr mit wenigen Worten zu verstehen zu geben, dass sie Aldo in Ruhe lassen solle, dass der arme Otto nichts damit zu tun habe. Wenn Gianna Traversi schuldig war, würde sie sich das nicht einfach so gefallen lassen, sondern irgendwie reagieren.

Doch Gianna Traversi war nicht zu Hause. Sie war weggefahren. Vor zwei Tagen. Die Pförtnerin berichtete, das sei nicht ungewöhnlich, und sie habe bei ihrer Abreise mitgeteilt, dass sie drei Tage wegbleiben würde. Sie müsste also am nächsten Tag wiederkommen.

So kam es, dass Sara Du um halb neun Uhr morgens im smaragdgrünen Abendkleid im Café saß und dachte: »Wenn sie in zwei Tagen nicht zurück ist, dann mache ich mich auf die Suche nach ihr.«

* * *

»Frau Casali, dürfen wir ein paar Bilder fotografieren?«

»Verzeiht, Kinder, ihr müsst lauter sprechen, ich bin etwas schwerhörig.«

»Ich wollte wissen, ob ich dieses Bild aufnehmen darf, ein paar Fotos machen. Dann können wir die Bilder auch unseren Mitschülern zeigen.«

Marta kramte aus ihrer Umhängetasche im Tarnanzuglook eine Minivideokamera hervor, die zu Oma Floras Detektivausrüstung gehörte und auf die sie besonders stolz war. Natürlich fanden die Enkel immer besondere Gelegenheiten und wichtige Anlässe, sich das gute Stück auszuleihen, und so hatten sie Stunden und Stunden von Aufnahmen im Speicher mit mehr oder weniger unverzichtbaren Beiträgen zu ihren Ermittlungen.

»Die Bilder sind wirklich sehr schön«, sagte Marta, nachdem Frau Casali zugestimmt hatte.

»Mehr als schön! Sie erinnern an die Holländer aus dem siebzehnten Jahrhundert. Dieses Licht, diese Intensität!« Leo wurde etwas rot und musste den Blick von Marta abwenden, die ihn ungläubig anstarrte und sich ein Lachen kaum verkneifen konnte.

Die beiden hatten sich zur verabredeten Zeit bei Anna Rosa Casali eingefunden. Die Dame war mindestens achtzig. Sie lebte in einer großen Wohnung, in der eine unglaubliche Unordnung herrschte. Auf den Tischen türmten sich stapelweise Papiere, auf der dunklen, mit schweren Schnitzereien verzierten Anrichte im Wohnzimmer standen Kisten voller Arzneimittel. Und obwohl ihr Mann schon lange tot war, roch es in dem Haus immer noch leicht nach Terpentin. Frau Casali hatte die Kinder herumgeführt und ihnen eine ganze Reihe von Bildern gezeigt, auf denen Körbe mit Obst, Blumen und kunstvoll gedeckte Tische zu sehen waren.

»Mein Mann war ein großartiger Maler. Aber er passte nicht in seine Zeit. Er malte Stillleben und die wollte damals keiner kaufen.«

»Und was ist das?«, fragte Leo und deutete auf eine gerahmte Bleistiftzeichnung, die einzige unter lauter Ölbildern.

»Kinder, wenn ich das wüsste! Niemand weiß es, es ist ein Rätsel. Es ist eine Skizze, die mein Mann einmal angefertigt hat. Sie weist auf einen Ort hin, den er nie gefunden hat. Glaube ich zumindest. In den letzten Monaten war er besessen von dem Gedanken, diesen Ort zu finden. Er sprach von nichts anderem mehr. Er war nicht mehr er selbst ... Armer Antonio ... Kommt, Kinder, ich muss mich setzen.«

Sie führte sie in das einzige aufgeräumte Zimmer des Hauses, eine Art kleiner Salon, in dem ein paar alte Polstersessel mit Samtbezug und ein rundes Tischchen mit Spitzendeckchen standen.

Leo konnte es natürlich nicht lassen, von den Schokoladenkeksen zu essen, die für besondere Gelegenheiten aufgehoben wurden und deren Verfallsdatum wahrscheinlich seit Langem überschritten war, während die Frau des Malers ihnen die Geschichte ihres Mannes weitererzählte.

Während des Krieges habe ihr Mann sich angepasst und alles gemacht, um nur überhaupt etwas Geld zu verdienen, denn damals wollte natürlich niemand diese Bilder kaufen. Es sei deshalb ein Glück gewesen, als ihm ein ihr unbekannter Auftraggeber einen Auftrag erteilt habe. Er sei bereit gewesen, viel Geld zu bezahlen, sagte sie, vorausgesetzt, er befolge aufs Sorgfältigste alle seine Anweisungen.

»Und was für Bilder sollte er malen?«

»Das Bild auf dem Foto, das ihr mir gezeigt habt, war eines von vieren.«

»Vier?«

»Ja, vier waren es. Keins mehr und keins weniger.«

Anna Rosa Casali hatte keine Ahnung, wer der Auftraggeber für die vier Gemälde gewesen sein könnte, aber als sie das Foto mit ihrer Leselupe betrachtete, bemerkte auch sie die Buchstaben in den roten Rahmenornamenten. Sie konnte sich nicht erinnern, sie je gesehen zu haben. »Außerdem ist das wirklich merkwürdig ... das sieht so gar nicht nach ihm aus.«

»Können Sie sich denn an alle seine Bilder erinnern? Wenn er doch so viele ...«, musste Leo gleich nachhaken.

»Sophie, welche Sophie ...?«

»Nein, ich meinte: Wie können Sie sich an die Bilder erinnern?«

»Nun, diese Bilder waren anders als alle anderen. Und diese Signatur auf dem Rahmen, die habe ich mit Sicherheit nie gesehen. Ich kann mich gut daran erinnern, weil er das alles in dieser schwierigen Zeit gemalt hat, als er dieser fixen Idee nachging, von der er nie wieder loskam ...«

»Sie meinen, er hat diesen Ort nie gefunden?«

»Ich weiß es nicht und ich werde es nie wissen. Eines Tages ging er weg ... und kam nicht wieder. Er war schon etwas verwirrt damals, aber nicht so sehr, um einfach zu gehen; ohne etwas zu sagen, ohne etwas mitzunehmen ...« Frau Casali seufzte tief: »Ich glaube, er wurde umgebracht.«

»Aber von wem denn?«

»Ich weiß es nicht. Seine Leiche wurde nie gefunden. Wer hätte damals auch Zeit gehabt, zu suchen? Der Krieg war gerade zu Ende, und ihr könnt euch gar nicht vorstellen, wie das damals war, eine Katastrophe ... der reinste Wilde Westen war das! Jeder rechnete mit jedem ab. So viele wurden umgebracht, ohne Grund und ohne dass irgendjemand auch nur Fragen stellte, geschweige denn etwas unternahm.«

Als Leo und Marta das Haus verließen, waren sie überzeugt, dass diese alte Dame, die weder Kinder noch andere Erben hatte und die bald der Stadt das gesamte Werk ihres Mannes hinterlassen würde, auf keinen Fall etwas mit dem Diebstahl im Hause Crispone zu tun haben konnte.

»Dieses Licht! Diese Intensität! Siebzehntes Jahrhundert! Dieses Kunstverständnis! Dieser Kennerblick!«, äffte Marta ihren Cousin nach und grinste.

»Du bist nur neidisch, weil du nicht so gut vorbereitet warst! Selber schuld! Aber man kann doch nicht behaupten, man interessiere sich für einen Maler, und dann noch nicht einmal wissen, was er malt!«

»Du weißt doch, dass ich mich in diesen Dingen auf dich verlasse!«

»Ganz schön bequem, Kusinchen. Du quatschst und quatschst und ich muss dir Deckung geben …«

»Ach komm, du hast doch auch deinen Spaß gehabt!«

Und das stimmte. Leo und Marta hatten jede Menge Spaß zusammen. Sie neckten sich, aber nur selten hatten sie richtig Streit. Sie steckten immer unter einer Decke, sogar in der Schule, obwohl sie in unterschiedliche Klassen gingen. Sie nutzten jede Gelegenheit, um sich zu sehen und sich zu unterhalten. Sie waren alles in allem unzertrennliche Freunde.

* * *

Zu Haus suchten sie die Oma, doch die war nicht da. Sie gingen in Leos Zimmer und druckten einige ihrer Aufnahmen aus, darunter das Bild von der merkwürdigen Skizze, die das Leben des Malers Casali so sehr durcheinandergebracht hatte.

»Was steht denn hier geschrieben? Hantelkiste! – Vielleicht die Zeichnung eines Bodybuilders? Und Frauenlippe! Eine neue Lippenstiftmarke?«, witzelte Leo.

»Hm! Ich habe Hunger, lass uns auf einen Happen zu Ilde gehen!«

Da war Leo sofort dabei.

* * *

»He, ihr habt euch ja lange nicht blicken lassen! Wie geht's euch? Seid ihr so beschäftigt gewesen? Oder habt ihr schlechte Noten gehabt?«

»Ilde, du weißt doch, dass wir Spit-zen-schüler sind! Abgesehen von Leo in Grammatik, aber das ist ja bekannt …«

»Genau, und abgesehen von Marta in Erdkunde. Eine Stimme hat mir geflüstert … wie war das wieder? Dass Belgien an Österreich grenzt?!«

»Kinder, lasst das! Wollt ihr eine Tasse heiße Schokolade?«

»Natüüüürlich! Die legendäre! Da kann man gar nicht Nein sagen«, beeilte sich Leo zu antworten.

Die beiden setzten sich, und bei einer Tasse Schokolade, die wie von Zauberhand plötzlich vor ihnen stand, begannen sie, Ilde von dem merkwürdigen Diebstahl im Hause Crispone zu erzählen und von den ersten Ergebnissen ihrer Ermittlungen. »Aber, Ilde, du weißt von nichts. Falls Papa fragt …«

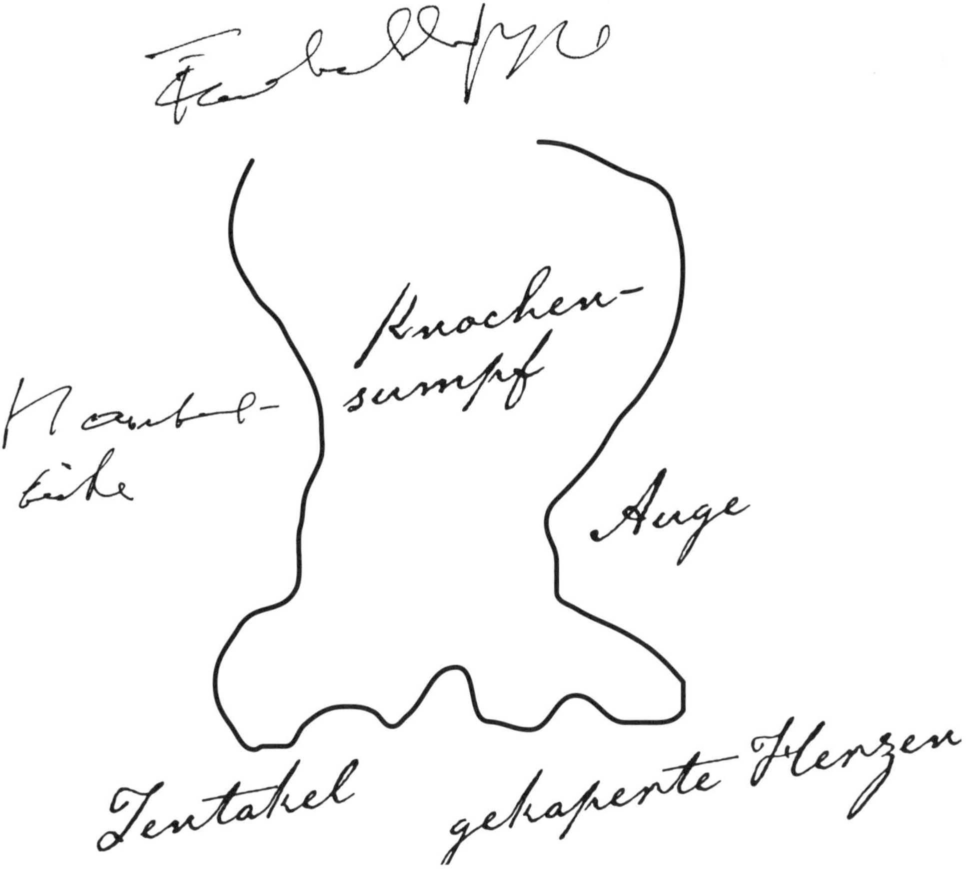
Knochen-
sumpf
Auge
Tentakel
gekaperte Herzen

Apfelstrudel, nach Wiener Schnitzel mit Himbeergelee. Etwa so, als würde man Sauerbraten mit einer Schlagsahnehaube servieren. Das passt einfach nicht zusammen!«

* * *

Als Marta gegangen war, ging Leo bis zum Abendessen in sein Zimmer hinauf. Er besaß eine elektrische Gitarre, auf der er oft und gerne immer wieder die gleichen Solos übte. »Ein wenig zu laut«, wie die Oma immer meinte.

Auch heute nahm er sie zur Hand, legte sie aber wieder weg und warf sich auf sein Bett. Besser gesagt, auf die dicke Schicht T-Shirts und Hosen, die sich seit Tagen auf seinem Bett anhäuften. Auf den ersten Blick hätte man meinen können, in seinem Zimmer habe eine Bombe eingeschlagen. Merkwürdigerweise schien allerdings eine Ecke verschont geblieben zu sein: Seine CDs waren immer perfekt in alphabetischer Reihenfolge geordnet.

Leo dachte nach. Das lange nachmittägliche Gespräch mit Frau Casali ging ihm nicht aus dem Kopf. Irgendetwas stimmte da nicht. Er nahm das Foto von Crispone noch einmal in die Hand und betrachtete die Buchstaben, die den Namen A R CASALI ergaben.

Das war doch alles etwas merkwürdig: diese Buchstaben, die die Witwe nie gesehen hatte; dieser rätselhafte Ort, dessentwegen der Maler verrückt geworden war. All das schien gar keinen Zusammenhang mit dem Fall Crispone zu haben. Zwar hatte die Oma den Hunderäuber gesehen, dennoch blieb die Frage: Weshalb ausgerechnet dieses Bild? Echt Sauerbraten mit Schlagsahne, wie Ilde sagen würde.

Hier musste Ordnung hinein und ein Ausgangspunkt her. Zum Beispiel: Der Dieb wollte den Hund, der Diebstahl des Bildes war nur ein Ablenkungsmanöver und die Oma hatte den Fall schon gelöst. Dann hatte es nicht mehr viel Sinn, anderswo Zeit zu verlieren, sondern man musste sich auf die Hundespur konzentrieren.

Wenn man allerdings davon ausging, dass der Dieb bei Crispone eingedrungen war, um das Bild zu stehlen, dann musste man unbedingt herausfinden, ob es ihm nur um das eine ging oder ob er sich auch für die drei anderen interessierte. Und das konnte man nur wissen, wenn man die anderen Bilder fand.

Urplötzlich setzte Leo sich auf und sagte laut zu sich selbst: »Das Auktionshaus!«

25. März 1944

Ich habe eine großartige Idee gehabt. Ich habe den richtigen Mann kennengelernt. Ihm werde ich den Auftrag erteilen. Er ist genau der Richtige für mich. Ich habe ein wenig Geld gespart. Was soll ich es weiter horten, ich habe es schon zu lange aufgehoben. Wozu soll es sonst noch gut sein? Um mir den Sarg zu zahlen? Ich habe mit ihm über die Arbeit gesprochen, er hat den Auftrag angenommen.

Ich weiß genau, wie ich sie haben will, wie sie aussehen sollen.
Ich habe an alles gedacht. Und jetzt, bei allen Galeassen und Galeonen, hoch die Segel und auf vor den Wind!
Danach kann jeder zu mir kommen, der etwas wissen will. Ich werde mein Geheimnis nicht mit ins Grab nehmen, o nein, gut sichtbar werde ich es hinterlassen! Aber nur für einen, der es wert ist, der die Kühnheit, den Scharfsinn, den Verstand und den Mut eines Piraten besitzt. Mein Sohn? Wer weiß. Der Schlüssel wird offen vor ihm liegen …
Wenn er ihn begreift, kann er sich der Herausforderung stellen und sich mit mir messen. Endlich, von Mann zu Mann – so wird es sein.
Ich werde das Geheimnis dem Schicksal anvertrauen … als eine Herausforderung, wie ich sie liebe. Und wer sie annimmt, der muss eben seine grauen Zellen in Bewegung setzen!

Wie heißt es doch: »Seeleute sind wir. Mit dem Säbel in der Hand vor dem Wind salutieren wir!«

Eine denkwürdige Auktion

Am kommenden Morgen führte Flora ihren Feldzug durch. In Jogginganzug, Schweißband und Laufschuhen fuhr sie zu dem Park, in dem sie am Vortag das Foto aufgenommen hatte. Zwei Stunden lang gab sie vor zu lesen, und ihre Geduld erschöpfte sich gerade, als ihre Ausdauer doch noch belohnt wurde. Sie erkannte die beiden sofort. Die zwei Männer, die sie am Vortag beobachtet hatte, trafen fast gleichzeitig ein. Sie merkte, dass sie etwas nervös war, und wenn sie ihnen sofort hätte folgen müssen, wäre sie bestimmt entdeckt worden. Doch die beiden blieben mindestens zwanzig Minuten stehen und unterhielten sich. Dann stiegen sie in ein graues Auto, das in der Nähe geparkt war.

Es gelang ihr, ihnen quer durch die Stadt, durch die Vororte und über die Stadtgrenze hinaus zu folgen, bis das Auto durch die Einfahrt eines alten Gutshofs einbog, der auf den ersten Blick so zerfallen und verlassen wirkte, als sei er seit Jahren unbewohnt. Sara Du fuhr noch einen guten Kilometer weiter auf der Landstraße, wendete dann und fuhr im Schritttempo noch einmal an dem Gittertor vorbei. Dabei versuchte sie, den Hof in den Sucher ihrer kleinen Fotokamera zu bekommen. Sie fuhr so langsam, dass sie in der Ferne Bellen hörte … das Bellen vieler Hunde. Sie war sicher, den richtigen Ort gefunden zu haben. Sie war so aufgeregt, dass sie einen weiteren Kilometer lang vergaß hochzuschalten, was ihrem Auto fast den endgültigen Todesstoß versetzt hätte. Es war jetzt klar, dass dringend Auskünfte über das Gehöft und seine Besitzer oder Pächter eingeholt werden mussten. Und natürlich dachte sie dabei gleich an ihren Freund Rubino, ein alter Fan von ihr und Polizist im Ruhestand. Dank seiner guten Kontakte mit einigen früheren Dienstkollegen gelang es Rubino nicht selten, an Informationen zu gelangen, die sonst unerreichbar gewesen wären. Flora fuhr noch ein paar Kilometer, hielt dann an, zog ihr Mobiltelefon aus der Tasche und wählte seine Nummer.

* * *

»Was hast du gestern Abend noch gemacht?«, fragte Leo Marta, als er sie am Schultor traf.

»Nichts Besonderes. Ich habe mich ein bisschen mit Mama unterhalten, dann haben wir gegessen, ich habe etwas ferngesehen. Papa kam spät, da war ich schon fast im Bett.«

»Wie läuft es so mit den beiden?«

»Weißt du was? Mir sagen sie ja nicht viel. Mama ist ziemlich nervös, Papa etwas seltsam. Man merkt, dass er angespannt ist, aber er ist auch unheimlich nett und witzig. Ich weiß nicht so recht. Fühlt sich irgendwie komisch an. Und bei dir?«

»Das Übliche. Später mehr. Gleich klingelt es, wir müssen rein. Aber ich habe mir etwas ausgedacht. Heute Nachmittag sollten wir noch einen Besuch einplanen …«

»Bei dem Antiquitätenhändler? Hast du …?«

»Nein, beim Auktionshaus. Ich erkläre es dir nachher, komm, es hat schon geklingelt!«

In der Pause erzählte Leo Marta von seinen Überlegungen und wie er darauf gekommen war, dass sie bei dem Auktionshaus nachforschen konnten, wo die beiden fehlenden Bilder hingekommen waren. Um dann herauszufinden, ob sie womöglich auch gestohlen wurden, und wenn ja, weshalb.

* * *

Um vier Uhr holte Leo Marta zu Hause ab und zusammen gingen sie zum Auktionshaus Panforte, dem größten der Stadt.

Die Geschäftsräume lagen in einem Kellergeschoss. Leo und Marta waren überrascht, einen großen Schauraum vorzufinden, in dem eine Keramikausstellung zu sehen war. Sie hatten sich unter einem Auktionshaus eigentlich etwas anderes vorgestellt. Eher eine Art Geschäft, mit einem Verkäufer hinter einer Ladentheke. In diesem großzügigen Raum, der eher an eine Kunstgalerie erinnerte, fühlten sie sich etwas verloren. Auf der Seite öffneten sich kleinere Räume, offenbar Büros, mit papierübersäten Schreibtischen, an denen aber niemand saß. Die wenigen anderen Besucher schienen die ausgestellten Objekte genau unter die Lupe zu nehmen und machten sich hin und wieder Notizen.

»Was kann ich für euch tun?«

Ein Mann mit Bürstenschnitt hatte die beiden Kinder bemerkt, durchaus ungewohnte Besucher an diesem Ort.

Leo und Marta erzählten ihre Geschichte von dem Schulprojekt und fragten den Mitarbeiter des Auktionshauses, ob er sich an den Verkauf von Bildern des Malers Casali erinnere.

Der Mann entfernte sich und sprach kurz mit einer jungen Frau, die sich daraufhin den beiden vorstellte.

»Guten Tag, Kinder, mein Name ist Anna Panforte.«

»Guten Tag!«, freute sich Marta. »Was für ein Glück! Sie wissen bestimmt alles über Ihre Auktionen!«

»Na ja … ich werde versuchen, euch zu helfen. Ich habe einen Sohn in eurem Alter, und ich würde mich freuen, wenn er sich ein wenig mehr für die Schule interessieren würde. Wir wollen sehen … Casali, Casali …« Die Frau stand inzwischen vor einem Computer, in den sie etwas eintippte. »Da haben wir es doch: Wir haben wiederholt Bilder von ihm verkauft.«

»Wir interessieren uns für einige ganz bestimmte Bilder aus seinem Piratenzyklus. Die Witwe des Malers hat uns davon erzählt und mein Onkel hat vor ein paar Jahren genau so eines bei Ihnen gekauft.« Marta zog das Foto von Otto mit dem Bild aus der Tasche.

»Oh! Eine schöne Aufnahme! Einen Moment … da habe ich es doch!«, rief Frau Panforte und blickte auf den Bildschirm, auf dem sie eine Liste aufgerufen hatte. »Jetzt erinnere ich mich. Das war eine ganz besondere Auktion. Mit vielen Kuriositäten … Die vier Bilder waren nicht das Einzige, was mit Seeräuberei zu tun hatte.«

»Sie hatten also alle vier!« Leo war ganz aufgeregt.

»Ja, sicher. Außerdem – ihr gefallt mir, und deshalb gehe ich mal nachsehen, ob ich den Auktionskatalog finde. Im Katalog sind alle Gegenstände aufgelistet, die zur Versteigerung gelangen, und einige von ihnen sind auch abgebildet. Die ganzen Sachen gehörten einem Rechtsanwalt, Antonio Avena, der sie von seinem Vater Libero Avena geerbt hatte. Ich kann mich gut an die Namen erinnern, weil die Sammlung wirklich ungewöhnlich und sein Vater, Libero Avena, ein großer Sonderling gewesen war. Hier in der Stadt erinnern sich noch viele an ihn.«

»Wieso denn?«

»Vor allem weil er absolut vernarrt in alles war, was mit Piraten zu tun hatte.

Und die Gegenstände, die hier bei uns versteigert wurden, hatte er im Laufe seines Lebens gesammelt. Da waren einige wirklich kuriose Stücke dabei. Viele können sich außerdem an ihn erinnern, weil er bei dem fürchterlichen Großbrand im Hafen kurz nach dem Ende des Krieges ums Leben kam. Nun ja, und sein Sohn Antonio, der inzwischen auch tot ist, hat irgendwann beschlossen, diese ganze merkwürdige Sammlung zu verkaufen und den Ertrag für wohltätige Zwecke zu stiften. Aber jetzt zeige ich euch den Katalog. Ich hole ihn, wir heben immer ein Exemplar für unser Archiv auf.«

Frau Panforte verließ den Raum, während Cousin und Cousine sich begeisterte Blicke zuwarfen.

Die Informationen hatten ihnen bestätigt, dass sie auf der richtigen Spur waren. Sie hatten keine Ahnung, wohin das Ganze führte, aber die Geschichte wurde langsam richtig spannend.

»Da ist er. Ihr könnt ihn behalten, wir hatten mehrere Exemplare übrig«, sagte die Frau, als sie zurückkam. »Seht ihr dieses Foto? Das ist eines der vier Bilder.«

»Haben Sie auch Aufnahmen der anderen Gemälde?«

»Nein, leider nicht, der Katalog ist alles, was noch da ist. Aber vielleicht gibt es da jemand, der euch noch mehr sagen kann.« Anna Panforte zeigte ihnen ein Blatt. »Das lag in der Akte. Ein Dozent der hiesigen Universität hat es vor vier Jahren hier abgegeben. Sein Name ist Giuseppe Gerardi. Er hatte bei einem Antiquariat genau das im Katalog abgebildete Gemälde gekauft, wenige Monate nach der Auktion. Er wollte wissen, ob wir die drei anderen noch hätten. Er war offenbar spezialisiert auf die Geschichte des Piratenwesens. Ich weiß nicht, ob es euch interessiert ... aber ihr könntet ihn ja aufsuchen. Vielleicht weiß er mehr. Er arbeitet hier an unserer Universität.«

»Ja, Gerardi, das sagt mir etwas. Ich glaube, meine Mutter hat ihn einmal erwähnt. Sie unterrichtet auch an der Uni ... Also hat er das Bild, das damals der Antiquitätenhändler, dieser De Andreis, ersteigert hatte«, flüsterte Marta Leo zu. Dann sagte sie, wieder laut, zu Frau Panforte: »Entschuldigung, kann ich Sie noch etwas fragen?«, und ohne eine Antwort abzuwarten: »Wäre es denn möglich zu erfahren, wer die anderen Bilder gekauft hat?«

»Nein, das kann ich euch beim besten Willen nicht sagen. Solche Informationen müssen vertraulich bleiben. Diskretion ist für uns eine wichtige Geschäftsgrundlage. Ich habe euch den Namen von Gerardi nur mitgeteilt,

Universität Micca
Fakultät für Philologie und Philosophie
Institut für Moderne Geschichte

Prof. Giuseppe Gerardi

Bitte stellen Sie die Verbindung mit Personen her, die Informationen über die drei am 12. 4. 2000 versteigerten Gemälde von Casali haben.

G Gerardi

Auktionshaus mit Tradition

Panforte

gegründet: 1912

Versteigerung der Sammlung
Avena, 12. April 2000

Auktionshaus mit Tradition

Panforte

gegründet: 1912

Allgemeine Geschäftsbedingungen

- Die Versteigerung erfolgt freiwillig und im Namen und für Rechnung des Auftraggebers.
- Die der Versteigerung vorausgehende Ausstellung dient der Vorbesichtigung und Überprüfung des Zustandes der Auktionsgegenstände sowie der Feststellung eventueller Mängel oder Beschädigungen. Nach dem Zuschlag sind keine Reklamationen mehr möglich. Für eventuell mangelhafte Katalogbeschreibungen übernimmt der Versteigerer keine Gewähr oder Haftung.
- Der Zuschlag wird an den Höchstbietenden erteilt. Der Kaufpreis ist fällig mit dem Zuschlag. Die Aushändigung erfolgt gegen Zahlung in bar.
- Der Zuschlag der Gegenstände erfolgt durch den Auktionator. Mit dem Zuschlag ist in der Regel der vollständige Kaufpreis fällig, doch behält sich die Panforte GmbH die Möglichkeit vor, eine Teilzahlung als Anzahlung zu akzeptieren.
- Der Zuschlagspreis ist der Nettopreis. Auf den Zuschlagspreis wird ein Aufgeld von 19 % für Umsatzsteuer und Provision erhoben.
- Uneinigkeit über einen Zuschlag kann der Auktionator durch nochmaligen Aufruf der Sache zum zuletzt gebotenen Preis beheben.
- Abnahme und Zahlung der ersteigerten Gegenstände muss bis spätestens 12 (zwölf) Uhr mittags am Tag nach der Auktion erfolgen. Im Falle der Nichterfüllung durch den Käufer kann der Auktionator die Sache auf Gefahr des nicht erfüllenden Käufers erneut zur Versteigerung bringen.
- Für Gegenstände, deren Handel gesetzlichen Einschränkungen unterliegt (gem. §§5–6 AuHGB vom 20. 6. 1906 und §56ff. Durchführungsverordnung vom 30. 6. 1913), ist der Käufer verpflichtet, alle sich daraus ergebenden gesetzlichen Auflagen einzuhalten. Diese können beim Auktionshaus eingesehen werden. Mit dem Zuschlag ist seitens des Versteigerers eine vollständige Erfüllung der einschlägigen Vorschriften gegeben.
- Sollte der Ersteigerer seiner Pflicht, die Gegenstände innerhalb der Frist nach Absatz 7 abzuholen und zu bezahlen, nicht nachkommen, haftet er für die Lagerkosten, deren Höhe sich nach dem Wert der ersteigerten Gegenstände berechnet.
- Durch ihre Teilnahme an der Versteigerung stimmen alle Beteiligten diesen Geschäftsbedingungen zu. Mit dem käuflichen Erwerb eines Gegenstandes geht die volle rechtliche Haftung und Gewährleistung auf den Käufer der Sache über.
- Die Gewährleistung der Firma Panforte beschränkt sich auf die Haftung, die sie in ihrer Funktion als Versteigerer übernimmt.

Los Nr. 7
A. R. Casali
Ritter im Mondschein
Öl auf Leinwand
1943–1944
Lire 850.000

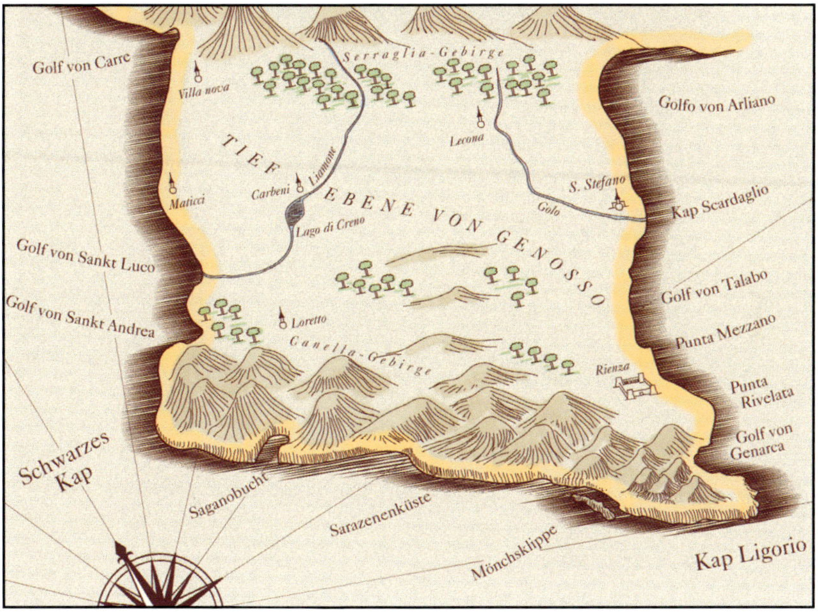

Los Nr. 17 – Landkarte »Rio Grande«, Ausschnitt – 18. Jh.

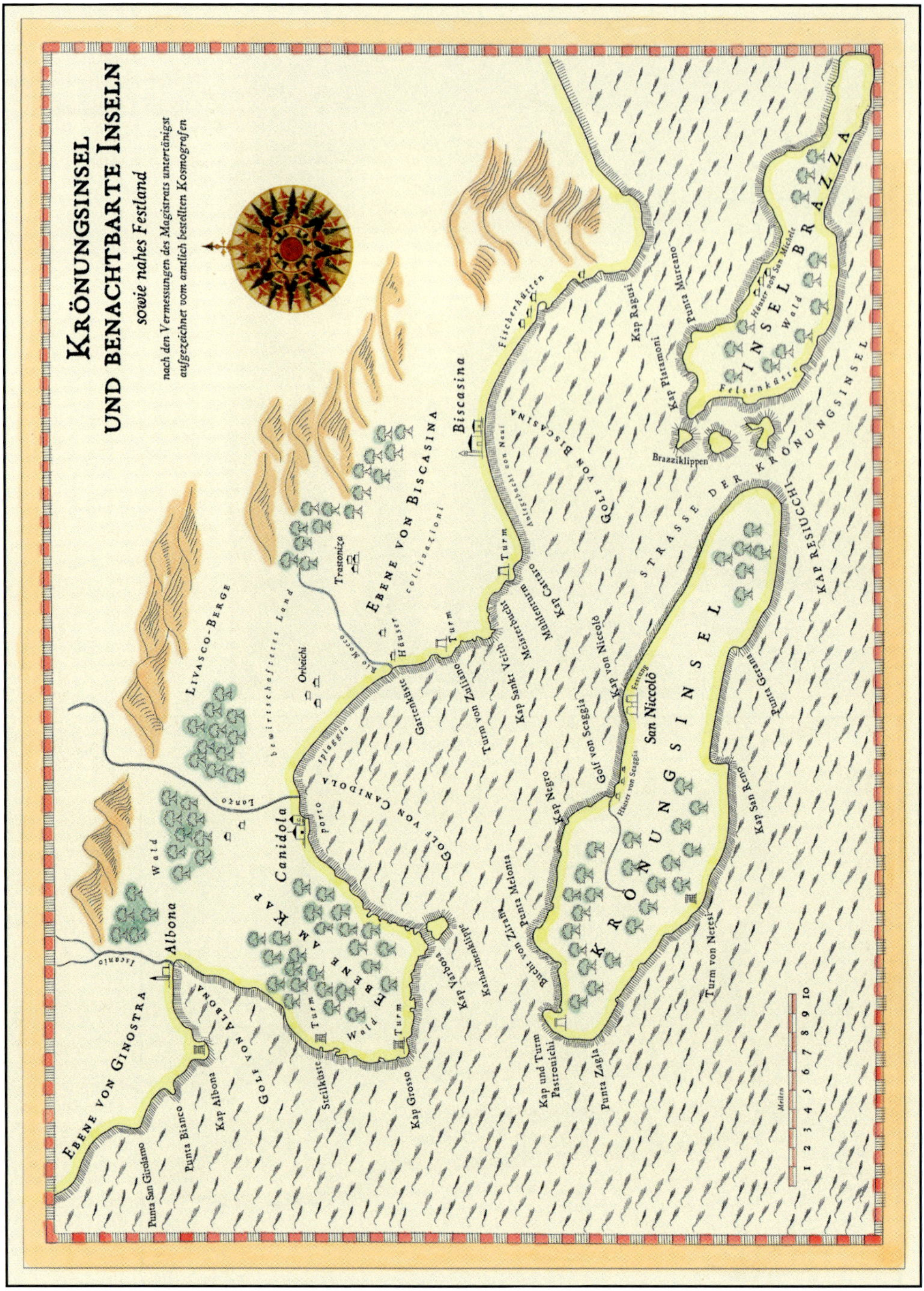

Los Nr. 17 – Landkarte »Rio Grande«, Ausschnitt – 18. Jh.

weil er ja mit dieser Bitte zu uns kam.« Sie zeigte auf das Blatt. »Er bat darum, kontaktiert zu werden, wenn sich bei uns jemand meldet, der etwas mit diesen Bildern zu tun hat. Mehr kann ich leider nicht für euch tun, Kinder.«

Leo war mit seinen Überlegungen schon einen Schritt weiter: »Wer transportiert denn die gekauften Werke?«

»Was meinst du? Wer die bei der Auktion erstandenen Stücke an die neuen Besitzer liefert?«

»Ja, genau.«

»Das ist die Speditionsfirma Cavalli. Die sind auf solche Transporte spezialisiert.«

»Und tragen die Arbeitskleidung?« Leo war plötzlich dieses Stück Stoff eingefallen, das man zwischen Ottos Zähnen gefunden hatte, Crispones Hund, und das sie bisher völlig außer Acht gelassen hatten. Er erinnerte sich, dass Crispone gesagt hatte, es sei ein Stück »Stoff wie von einem einfachen Blaumann« gewesen. Bloß, dass der Blaumann braun war.

Anna Panforte blickte Leo verblüfft an. »Da hast du tatsächlich recht, ich sehe die Männer ja oft, und ich glaube, sie tragen alle die gleichen Overalls. Aber ihr stellt ja komische Fragen. Gehört das auch zu eurem Schulprojekt?«

Doch Leo ließ sich nicht beirren: »Sind die braun?«

* * *

TEST Nr. 2

Welche der Landkarten im Katalog hat einen Zusammenhang mit einem anderen Beweisstück?

Trage die Antwort in die entsprechende Zeile auf Seite 135 ein.
Die Lösung findest du, wenn du weiterliest. Wenn deine Antwort richtig war, kannst du dir die entsprechende Punktzahl auf deinem Krimimeter eintragen.

10 PUNKTE

* * *

»Marta, hast du die Titelseite des Katalogs gesehen?«, fragte Leo, sobald sie das Auktionshaus verlassen hatten.

»Ja, es ist eine Landkarte.«

»Und erinnert sie dich nicht an etwas?«

»Mmhmm … Ach! Meinst du, es ist die gleiche?«

»Ich denke schon. Die Zeichnung von Casali stellt diese Landkarte dar!«

»Lass mal sehen! Nicht Hantelkiste und Frauenlippe … Mantelküste und Fächerklippe steht da!«

* * *

Zu Hause angekommen, suchten Leo und Marta die Oma im »Vasenzimmer«. Dieser wunderbar helle Raum, der zum Garten hinausging und der seinen Namen den ungefähr 150 Blumenvasen verdankte, die die Oma im Laufe der Jahre gekauft hatte, diente seit dem Umbau der Villa dazu, die Blumen für die Gästezimmer und für das Foyer des Hotels zu arrangieren. Flora nutzte das Vasenzimmer aber auch als ihr Büro, und wenn sie an einem Fall arbeitete, fand man sie oft hier am Schreibtisch.

Marta und Leo mochten das Zimmer sehr: Es duftete immer herrlich nach frischen Blumen, und sie liebten es, hier stundenlang mit der Oma ihre Annahmen und Vermutungen zu besprechen, Hypothesen aufzustellen, alle Möglichkeiten einer Situation durchzuspielen, Tatbestände, Motive, Indizien, Spuren und Beweise gegeneinander abzuwägen. Doch diesmal war die Oma nicht da. Leo und Marta gingen in ihr Zimmer, wo sie sie dabei überraschten, wie sie sich zum Ausgehen fertig machte.

»Oma, was ist denn los? Wo gehst du hin?«

»Hallo, Kinder! Ich muss mich dringend mit Rubino treffen. Er muss mir helfen.«

Flora war sichtlich erregt. Sie erzählte, wie sie dem grauen Auto gefolgt war, von dem abgelegenen Gutshof, der unheimlichen Atmosphäre dort, von den bellenden Hunden …

Marta und Leo waren ganz betroffen. Ohne die Hilfe von David Rubino ging es hier wirklich nicht weiter.

»Habt ihr etwas herausgefunden?«

Leo und Marta berichteten von ihrem Besuch bei dem Auktionshaus, während Flora noch ein Paar ziemlich auffällige Ohrringe anlegte und sich eine etwas altmodische Stola aus Straußenfedern um den Hals wickelte – das ungewöhnliche gewisse Etwas zu einem eher klassisch-strengen schwarzen Abendkleid.

»Und dann das hier.« Die Kinder zeigten ihr die Titelseite des Katalogs und die Skizze des Malers. »Ist es nicht merkwürdig, dass diese Zeichnung so schlampig angefertigt ist? Von einem Maler! Als hätte er sie heimlich und in aller Eile kopiert. Außerdem war er von dieser Landkarte besessen und dann ist er plötzlich verschwunden. Vielleicht wurde er ja umgebracht. Ist das nicht auch seltsam? Und diese Wörter da unten: Wilder Berge Süden Bucht. Was soll das?«

»Wilder Berge. In dieser ganzen Geschichte ist einiges seltsam … Wir müssen unbedingt klären, was diese beiden Geschichten, die des Malers und die des Sammlers, miteinander zu tun haben. Und wie das Ganze wiederum mit dem Diebstahl bei Aldo Crispone zusammenhängt.«

»Hör mal, Oma«, bat Leo, »könntest du Rubino nicht fragen, ob er Informationen über diesen Libero Avena findet?«

»Ja, kann ich … Aber, Marta, was machst du denn noch hier?! Deine Mutter wird sich schon Sorgen machen und am Ende schimpft sie wieder mit mir … Außerdem bin ich bereits zu spät dran … Viiiel zu spät!!!«

»Omalein!!! … Kann ich nicht zum Abendessen bleiben?«

»Kommt gar nicht infrage … Oder … nun gut, Marta, wenn du unbedingt willst … Aber du musst anrufen. Lass mich bitte aus dem Spiel!«

Marta hatte den Telefonhörer schon in der Hand.

»Gib mir die Oma«, sagte Elena, ihre Mutter, als sie Marta hörte und schon ahnte, worum es ging.

Elena hatte sehr früh geheiratet und wohnte mit ihrem Mann Oscar, mit Marta und deren kleinem Bruder Francesco ganz in der Nähe ihres Elternhauses. Elena fand manchmal, Marta verbringe zu viel Zeit im Hause ihrer Großeltern. Sie hatte das Gefühl, sie ein wenig aus den Augen zu verlieren. Andererseits war ihr klar, dass sie sie nicht daran hindern konnte, mit ihrem Cousin und Herzensfreund Leo zusammen zu sein. Ganz abgesehen davon dass es für Marta ein Vorwand war, der etwas gedrückten Stimmung zu Hause zu entkommen. Elena war sich dessen sehr wohl bewusst.

Es war zurzeit für Marta auch wirklich nicht einfach: Ihre Eltern stritten sich oft, und es waren bittere, unversöhnliche Streitereien voller Vorwürfe, Anschuldigungen und nachtragendem Groll, bei denen sich ihr Herz verkrampfte und sie nur noch wegwollte.

Dazu kam, dass sich Elena und Marta in vielerlei Hinsicht ähnlich waren, vor allem aber in ihrer Starrköpfigkeit. Dadurch war die Verständigung zwischen ihnen oft schwierig, und Oma Flora wurde immer wieder von einer der beiden um Vermittlung gebeten, was auch meistens eine Lösung brachte.

»Ja … du hast recht, Elena … einverstanden!«, sagte die Oma in diesem Moment am Telefon. »Entschuldige, aber ich muss jetzt weg. Ich gebe dir noch einmal deine Tochter.«

Die Verhandlungen waren nicht einfach, aber am Ende setzte sich Marta durch.

»Schatz«, sagte Flora zu ihrem Mann, »Marta bleibt also auch zum Essen. Ich gehe jetzt.«

Pietro schüttelte den Kopf. Er wusste genau, was es hieß, wenn sie sich mit Rubino traf. Erstens: Flora ging mit einem ehemaligen Verehrer aus, mit dem allerdings die Verhältnisse seit Langem geklärt waren und mit dem auch er sich gut verstand. Zweitens, und das war wichtiger: Flora war an einem komplizierten Fall und das bedeutete zumindest Ärger, manchmal auch mehr.

»Flora, bitte, pass auf dich auf … verstanden?«

Pietro wollte zwar nicht in die Detektivarbeit seiner Frau verwickelt werden, doch aus der Ferne beobachtete er ihre Arbeit stets aufmerksam und mit mehr oder weniger unausgesprochener Sorge. Flora berichtete ihm abends vor dem Schlafengehen immer ziemlich im Detail ihre Erlebnisse, und sie wusste, dass sie in ihm einen klugen Ratgeber und einen, wenn auch widerstrebenden, Komplizen hatte, falls sie ihn einmal brauchen oder Pietro es für notwendig halten sollte.

Ihre Ehe schien einem Zauber zu entspringen. Aus einer eher zufälligen Begegnung vor inzwischen vierzig Jahren war schnell eine tiefe, dauerhafte Beziehung herangewachsen, weil es beiden gelungen war, ihre scheinbar völlig gegensätzlichen Charaktere in ein schier magisches Gleichgewicht zu bringen.

Flora war in ihrer dynamischen, hektischen Art eine jederzeit beeindruckende Erscheinung, aber manchmal schwer zu greifen und einzuschätzen. Pietro war mit seiner Unerschütterlichkeit und Zuverlässigkeit dagegen der ruhende Pol, der feste Anker.

Pietro war ein zurückhaltender Mann, immer diskret, eher distanziert, aber doch immer präsent und verlässlich wie seine ganze Erscheinung. Er machte in jeder Situation eine gute Figur. Im Schlafanzug wirkte er genauso unerschütterlich wie im Smoking. Seine stattliche Erscheinung, sein jederzeit perfekt gepflegter Bart und sein Lächeln waren für Flora immer ein Bollwerk gegen alle Unwägbarkeiten gewesen. Oft reichte ein Blick von ihm, um ihr eine Unsicherheit zu nehmen oder eine Verstimmung aufzulösen.

Und es waren seine Blicke und seine Präsenz, die es ihr immer wieder erlaubten, die Flügel auszubreiten und sich dem Leben mit all seinen Volten und Sturzflügen auszusetzen.

Pietro seinerseits liebte es, sich von Floras Unvorhersehbarkeit immer wieder aus der Ruhe bringen, sich von ihr in eine ihm völlig fremde Dimension entführen zu lassen und hin und wieder auch bei sich selbst eine heimliche Ader für kleine Verrücktheiten zu entdecken.

Scheinbar hatten Flora und Pietro wenig gemeinsam, sehr wenig sogar. Ihr Leben schien sich auf zwei komplett unterschiedlichen, weit voneinander entfernten Gleisen abzuspielen. Ihre Tätigkeiten waren so unterschiedlich wie ihre Interessen.

Doch in ihrer Beziehung gab es Momente des Austauschs, der Begegnung, der zutiefst empfundenen Gemeinsamkeit. So sehr, dass in diesen Momenten jeder für den anderen sprechen konnte, weil sie die verborgensten Gedanken und Gefühle des anderen kannten und damit vertraut waren.

Die Gegensprechanlage summte. Rubino war da.

Flora stand auf, umarmte sie alle drei liebevoll und rauschte davon, eine Wolke von Parfümduft zurücklassend, etwas Schweres, Sandelholz vielleicht.

Opa, Marta und Leo blickten sich an, dann deklamierte der Großvater: »*Naturam expellas furca, tamen usque recurret,* will heißen: Du kannst die Natur mit der Mistgabel austreiben, sie kommt doch immer wieder. Stammt von Horaz.«

»Amen«, schloss Marta. Dann gingen sie essen.

20. März 1944

Ein Sessel mit ausgeleierten Federn ist das einzige Schiff, das ich noch steuern kann. Da sitze ich, hingeworfen wie ein schlaffes Tau. Manchmal komme ich noch nicht einmal bei Bombenalarm hier heraus. Wenn mir eine Bombe einen Besuch abstatten sollte, bitte, ich werde sie mit offenen Armen auf meinem abgewetzten Lehnstuhl erwarten.

Von wegen Besuch – heute hat Antonio vorbeigeschaut, dieser Weichling von meinem Sohn. Ich verstehe einfach nicht, wie er so werden konnte! Also, mir sieht er nicht ähnlich, aber ich glaube, auch nicht seiner Mutter. Wir sehen uns an wie zwei Fremde … Er stellt keine Fragen, ich stelle keine Fragen. Und dann »tschüss« und wir sind einander wieder los.

Er geht zurück zu seinen Büchern und zu seiner Mutter und ich zu meinem Kampf. Der Tod schleicht sich an mich heran. Willst du mein Leben? Dann hol es dir doch, bei allen Sardinen im Ozean! Komm und kämpfe mit mir! Da unten wartet etwas auf mich. Ich gehe dorthin, ich nehme es mit und dann … Ein Wrack von Sessel als Fregatte, einen Krückstock als Säbel – bereit zum Entern!

Und wenn ich es nicht schaffen sollte? Eigentlich ist es angesichts meiner Lage absurd, dass ich mir noch Gedanken über die Zukunft mache. Wenn ich den Ärzten glauben soll, lichte ich hier ohnehin bald den Anker, und dann … ade, du schöne Welt!
Ist mir doch egal!
Hier weiß doch keiner, ob er es bis morgen schafft. Bomben, Minen, Heckenschützen, verirrte Kugeln. Verirrte Seelen, wir alle, einsam, auf der Jagd nach einer Beute. Was ist überhaupt das Leben? Der Dichter sagt: »Es ist schon vorbei, doch wenn ich frei bin, lebe ich das, was noch bleibt!« Und dann für immer schlafen, sanft gewiegt von den Wellen des Meeres.

Alles eine Frage des Riechers

»Mama! Du musst Francesco beibringen, dass er in seinem eigenen Bett zu bleiben hat, sonst schlafe ich auf dem Sofa!«

»Ich hab abe' Angst!« Francesco fing an zu weinen und wollte, dass seine Mutter sich um ihn kümmerte, die im Bad vor dem Spiegel stand und sich hektisch zu schminken versuchte.

»Marta, ich habe keine Zeit für diese sinnlosen Diskussionen! Du und dein Bruder! Jetzt geht endlich frühstücken!«

»Ach ja, den ganzen Abend bekniest du mich, ich soll endlich reden ... dir meine Probleme erzählen, und jetzt habe ich ein Problem und ... Mama, echt, ich halte das nicht mehr aus ...«

»Ich auch nicht. Jetzt geht frühstücken, bevor ich anfange zu schreien.« Morgens war Elena unerträglich. Und in dieser etwas schwierigen Phase ihrer Ehe reichte ein Wort und sie wurde zur Furie.

»Kommt und trinkt euren Kakao. Lasst Mama in Ruhe, ihr wisst doch, dass sie morgens fast zum Menschenfresser wird ...«

Elena schwieg und machte die Badezimmertür zu.

Oscar hatte die Milch warm gemacht und Butterbrote mit Marmelade geschmiert. Wenn er nicht beruflich auf Reisen war, machte er gerne Frühstück für seine beiden Kinder, die noch im Schlafanzug waren, und genoss die ersten kleinen Streitereien des Tages. Er arbeitete an einem Institut für Marktforschung und war dort zuständig für Öffentlichkeitsarbeit. Deshalb war er zwar oft unterwegs, hatte aber, wenn er zu Hause war, flexiblere Arbeitszeiten und konnte so den Kindern manchmal das mütterliche Morgengewitter ersparen.

»Marta, was stört dich denn so daran?«

»Papa! Was mich stört?!? Dass er mich im Schlaf tritt, dass er um sich schlägt und im Traum schreit!«

»Abe' ich habe wiede' so s'ecklich get'äumt!«

»Papa, weißt du was? Wir könnten doch unser Zimmer unterteilen! Was hältst du davon? Wir besorgen Backsteine und ziehen eine Mauer hoch. Und dann kommt sein Bett auf die eine Seite und meines auf die andere!«

»Marta, red keinen Unsinn.«

»Eine verstellbare Trennwand würde auch gehen …«

»Ich will abe' nicht alleine s'lafen!«

»Papa, ich hätte so gern ein eigenes Zimmer, wie Leo.«

»Leo, immer Leo.« Oscar fand, dass die Familie seiner Frau etwas zu viel Platz beanspruchte, und das gab immer wieder Anlass zu Streit. Nicht weil sie sich direkt eingemischt hätten, aber weil sowohl Marta als auch seine Frau immer viel zu viel von Flora, Leo, Giovanni und Pietro erzählten. Vorbilder, die immer mit dabei waren, viel zu gegenwärtig für Oscars Geschmack.

Elena war endlich ausgehfertig: Sie rauschte heran, drückte jedem einen eiligen Kuss auf die Wange und weg war sie.

Marta schaute mit einem Ausdruck des Unbehagens zu ihrem Vater, als fühle sie sich nicht wohl in ihrer Haut, vor allem aber, als hätte sie am liebsten einfach losgeheult.

Oscar ging es ähnlich. Und so tat er denn etwas, was er nicht mehr oft tat: Er nahm Marta auf den Schoß und drückte sie ganz, ganz fest an sich. Und Marta ließ es zu, legte die Arme um seinen Hals, das Gesicht an seine Schulter und fing leise an zu weinen.

Oscar strich ihr wortlos über die Haare, die richtigen Worte fand er nicht. So blieben sie einige Minuten sitzen, bis Francesco lautstark Aufmerksamkeit forderte.

»Ma'ta, Ma'ta, komm! S'iebst du mich auf dem D'ei'ad?«

Marta hob den Kopf und sagte leise: »Ständig will er etwas, nicht eine Minute Ruhe hat man …«, und dann laut: »Ja, geht in Ordnung, ich komme, aber nur kurz, ich muss doch zur Schule!«

Oscar sah sie dankbar an, drückte ihr einen Kuss auf die Stirn, drehte sich weg und begann, den Tisch abzuräumen, in der Hoffnung, seine Tochter würde seine Verstörtheit nicht bemerken.

* * *

»Was ist los, Marta? Schlecht geschlafen?«

Leo und Marta kamen von der Schule, aber Marta wirkte müde und erschöpft und ging mit leerem Blick neben ihrem Cousin her.

»Nein, schlimmer. Heute Nacht wollte mein Bruder mit in meinem Bett schlafen … Aber zuerst kam Mama: Ich sollte ihr von meinem Tag erzählen, Sekunde für Sekunde. Dann bekam sie eine ihrer Krisen, von wegen Schuldgefühle und so, und stellte tausend Fragen: Wie es mir gehe … was ich denn denke … Andererseits verstehe ich sie ja auch. Ich glaube, die beiden können nicht wirklich miteinander reden … Aber, weißt du was: Mama sagt, sie kennt diesen Gerardi. Den Historiker, du weißt schon. Nicht gut … aber sie treffe ihn hin und wieder an der Bar der Uni. Sie meint, er ist nett und sympathisch. Nachher rufe ich ihn mal an, dann gehen wir ihn besuchen.«

Leo nickte abwesend.

Sie schlenderten eine belebte Straße entlang, als Leo plötzlich stehen blieb. Er hatte ein Schild an einem Tor bemerkt, das sich zu einer Halle mit einer ganzen Reihe von Lastwagen öffnete. »Marta, schau mal!«

»Was denn?«

»Die Firma Cavalli!«

»Leo, tut mir leid, ich weiß nicht mehr …«

»Die Firma Cavalli, weißt du, die für das Auktionshaus Panforte die Transporte übernimmt. Das braune Stoffstück, das Otto abgebissen haben muss!«

»Ach ja, klar, jetzt erinnere ich mich wieder. Komm, wir gehen hinein!«

»Äh, warte mal – einfach so reingehen? Und dann?«

»Weiß nicht. Wir werden schon sehen.« Marta war plötzlich wie ausgewechselt und ging zielstrebig durch das Tor. Leo folgte ihr. Sie gingen zwischen den geparkten Lastwagen umher, und da es fast Essenszeit war, dauerte es ein bisschen, bis sich ein Mann vor ihnen aufbaute, der eher wie ein Riese als wie ein Mensch aussah: »Was macht ihr denn hier? Sucht ihr etwas?«

Der Riese hatte einen braunen Overall an. Leo hielt den Mund und hoffte auf Marta, der in solchen Situationen immer eine Geschichte einfiel. Sie enttäuschte ihn auch diesmal nicht.

»Mein Cousin und ich spielen in einer Band, die ›Hip Cavalli Hop‹ heißt, und als wir Ihr Firmenschild da draußen gesehen haben, haben wir uns gedacht, für unseren Auftritt wären solche Overalls, wie Sie sie haben, genau das Richtige. Da steht ja Cavalli drauf. Auch für Sie wäre das doch gut, das wäre doch eine Art Werbung für die Firma …«

»Nicht schlecht, Hip-Hop spielt ihr?! So jung schon?! Da würde ich euch gerne helfen, aber da müsst ihr im Büro fragen, ich bringe euch hin. Da müsst ihr mit dem Chef sprechen. Der mag moderne Popmusik.«

Er führte sie ins Verwaltungsgebäude und fragte eine Sekretärin: »Giulia, ist der Chef da?«

Zum Glück war der Chef nicht da. Er war mittagessen gegangen. »Herr Cavalli kommt in Kürze zurück. Wollt ihr warten?«

Leo und Marta lehnten dankend ab und sagten, sie müssten nach Hause, aber sie könnten ja später noch einmal kommen, um den Inhaber zu fragen, ob sie sechs Overalls für ihre Konzerte haben könnten.

»Marta, du hast echt ein Rad ab. Stell dir vor, Cavalli wäre da gewesen und hätte deine Idee gut gefunden! Was hätten wir dann gemacht?«

»Vetter, wir hätten deine musikalischen Talente umgemünzt und eine ganz tolle Hip-Hop-Band gegründet!«

»Namens ›Hip Cavalli Hop‹! Sehr witzig!«

Sie waren an einer kleinen Abzweigung in der Nähe von Martas Haus angekommen. »Ich muss, ich bin etwas spät dran. Mama wird sich schon Sorgen machen.«

»Sorgen? Weshalb denn?«

»Ach, weil sie denkt, die kommt mir heute schon wieder nicht zum Essen nach Hause … Bis später, so gegen drei Uhr. Tschüss!«

* * *

»Oma, wirklich, die Overalls waren aus genau dem braunen Stoff, von dem Otto einen Fetzen zwischen den Zähnen hatte!«

Das Zimmer lag im Halbdunkel. Oma Flora lag auf dem Bett, eine Binde auf den Augen, um sich auch vor dem bisschen Licht noch zu schützen.

»Kinder, bitte, sprecht leise! Ich habe Kopfschmerzen, solche Kopfschmerzen!«

»Bist du krank? Hast du Fieber?«

»Nein, das nicht. Rubino wollte gestern auf alte Zeiten anstoßen. Mit Billigsekt. Fatal, am Tag danach. Fühlt sich an wie Vorschlaghammer mit Champagnerperlen im Kopf!«

»Hatte Rubino nützliche Informationen?«

»Nein, nein, ich musste ihm erst die ganze Geschichte erzählen. Er will mich anrufen.«

»Oma wir haben etwas entdeckt. Erinnerst du dich an die Firma Cavalli? Die die Kunstwerke transportiert? Wir müssen dort nachforschen. Weißt du noch, dass Otto ein Stück Stoff abgebissen hatte? Die Mitarbeiter dieser Firma tragen Overalls in genau dieser Farbe. Da muss der Stofffetzen herstammen!« Leo glühte vor Stolz.

»Habt ihr denn eine Ahnung, wie viele Firmen solche Arbeitskleidung benutzen?! Aber gut, einverstanden, wir werden auch das überprüfen.«

Das Telefon klingelte. Die Oma ging dran und fing gleich an zu jammern: »Rubino, du hast mich vergiftet, gestern Abend! ... Ach, wirklich? Was hast du herausgefunden?«

Als sie aufgehängt hatte, erzählte Flora den Enkeln, dass Rubino eine alte Akte über Libero Avena ausfindig gemacht habe, der seinerzeit einiges auf dem Kerbholz gehabt haben musste. Lauter kleine Gaunereien allerdings, keine schwere Straftat. Aus dem Ganzen ergab sich, dass er ein merkwürdiger Kauz gewesen sein musste. Einer, der gerne die Gefahr suchte ... oder zumindest das Abenteuer. Zum Schluss hatte Rubino gesagt, er werde Flora eine Kopie der Akte besorgen.

Was den Gutshof betraf, so bemühte sich Flora bei ihrem Bericht zwar um einen harmlosen Ton, doch Rubino hatte ihr sehr beunruhigende Informationen gegeben. Der Hof gehörte einem gewissen Nicola Rospi. Ein übler Zeitgenosse mit einigen Vorstrafen, aktenkundig wegen Diebstahl und Hehlerei und mehrfach in illegale Organisationen verwickelt, die auch Wetten bei Hundekämpfen veranstalteten.

»Oma, du bist spitze! Volltreffer!«

»Marta!«, protestierte Leo, »wie kannst du das sagen! Erst wenn wir das Bild haben, können wir sicher sein, dass dieser Rospi Otto klauen wollte! Und wie soll man das Gemälde an diesem verlassenen Ort finden? Das wird schwierig ...«

Die Oma schwieg ein paar Minuten. Doch sie fühlte deutlich, wie ihre Gedanken intensiv um einen ganz bestimmten Punkt herumwirbelten. Plötzlich sagte sie etwas unzusammenhängend: »Genau! Sehr, sehr gefährlich ... Wir brauchen eine andere Strategie ... Was würde Bettie Lynx tun? Lasst mich mal überlegen ... Da war doch die eine Folge ... eine der früheren ... die fünfundvierzigste oder vielleicht die sechsundvierzigste ... mal sehen ... Kinder, hört, ich muss jetzt ein wenig hier im Dunkeln alleine sein und warten, dass diese Migräne vorübergeht. Später denken wir über die nächsten Schritte nach. Außerdem – habt ihr schon Hausaufgaben gemacht?«

»Nein, noch nicht.«

»Dann mal los. Wir sehen uns später und beraten, wie wir weiter vorgehen.«

* * *

TEST Nr. 3

Was sagt dir dein Riecher? In welche Richtung würdest du ermitteln? Welche Spur führt weiter? Die mit den Hunden oder die mit den Bildern?

Trage die Antwort in die entsprechende Zeile auf Seite 135 ein.
Die Lösung findest du im Kapitel »Oma ist wütend«.
Wenn deine Antwort richtig war, kannst du die entsprechende Punktzahl auf deinem Krimimeter eintragen.

20 PUNKTE

* * *

Marta und Leo ließen die Oma mit ihrer Migräne allein. Sie gingen ins Grätenzimmer und schlugen ihre Bücher auf. Aber Leo konnte sich nicht konzentrieren. Er blätterte vor und wieder zurück, ohne etwas von dem zu verstehen, was er gelesen hatte. Irgendetwas kam ihm verdächtig vor.

»Weißt du, was ich glaube, Marta? Dass die Oma irgendetwas im Schilde führt ...«

»Wie meinst du das?«

»Ich meine, dass sie irgendetwas ausheckt, das sie uns nicht sagen will … Sie hatte diesen Gesichtsausdruck, den sie immer hat … na ja, wenn sie uns ein wenig an der Nase herumführen will.«

»Du meinst, dass sie die Kopfschmerzen nur simuliert und stattdessen auf Achse ist …? Ach, komm! Aber vielleicht hast du ja recht …«

Leo und Marta gingen bis zur Tür zu Floras Zimmer, aus dem eindeutig Geräusche zu hören waren.

Leo hatte einen Vorschlag. »Wir machen es so: Wir warten eine Viertelstunde, und wenn bis dahin nichts passiert, gehen wir ins Grätenzimmer zurück.«

Sie versteckten sich und warteten.

Lange mussten die Kinder nicht warten, zusammengekauert in ihrem Versteck. Nach wenigen Minuten öffnete sich die Tür. Heraus kamen eine aschblonde Perücke (überhaupt nicht auffällig …), Handschuhe, Reithosen und -stiefel. Dazu blaue Kontaktlinsen, für Sara Du das Sahnehäubchen auf das, was sie als ein Meisterwerk der Verkleidung betrachtete. Eine Verkleidung, die außerdem das unauffällige Einstecken zweier kleiner Pistolen ermöglichte, eine Ausstattung, die sie nur bei besonders gefährlichen Einsätzen benutzte.

Flora wollte den Gutshof aufsuchen. Deshalb hatte sie Kopfschmerzen vorgespielt, um ungestört handeln zu können. Sie wusste genau, dass Leo und Marta sie bekniet hätten, sie mitzunehmen, wenn sie ihnen von ihrem Vorhaben erzählt hätte.

Die beiden Kinder beobachteten, wie die Oma sich vorsichtig umsah, um sich zu vergewissern, dass sie auch keiner bemerkt hatte, bevor sie schnell in Richtung Ausgang ging.

Leo und Marta blickten sich an. »Erwischt!«

Sara Du ging im Vasenzimmer vorbei, um wie immer ihre Autoschlüssel zu holen. Im dem Moment klingelte das Telefon: Die Sekretärin des Magazins *Blumen und Blätter* wollte ihre Kundennummer wissen.

»Aber, junge Frau! Wenn Sie die nicht wissen! Sie stellen aber Fragen!?« Sie begann dennoch, hektisch in den Papieren zu wühlen, und suchte die Nummer heraus.

Fünf Minuten später war sie endlich aus dem Haus. Sie setzte sich hinters

Lenkrad, schnallte sich an, atmete einmal tief durch und sagte: »So, jetzt geht's los.«

Sie fuhr langsam und vorsichtig, wobei sie sich aufmerksam den entscheidenden Teil aus der Folge *Bettie Lynx – Ausflug nach Schottland* anhörte. Sie ertappte sich dabei, wie sie manche Sätze halb laut wiederholte: »Ich muss nur einen Abschleppwagen rufen, mehr nicht ... Das hätten Sie nicht gedacht, dass eine harmlose junge Frau bei dem berühmten Meister Li Chei in die Schule gegangen ist! Keine Bewegung oder ich schieße! Versuchen Sie nicht, an das Telefon heranzukommen! Möchten Sie einen Orangensaft? Vielleicht regt das ja Ihre Hirntätigkeit an und Sie erzählen mir endlich alles ganz genau von Anfang an ... oder doch lieber Kaffee? Ich hätte da eine Thermoskanne im Auto.«

Flora fiel wieder ein, wie ihr bei den Dreharbeiten diese Sätze wie ihre eigenen vorgekommen waren. Als hätte sie nicht ein Drehbuchautor geschrieben, sondern als hätte sie sie selbst spontan gesprochen. Damals hatte sie zum ersten Mal gedacht, sie könnte eine solche Situation auch im echten Leben bestehen.

In der fraglichen Folge hatte Bettie Lynx eine Autopanne vorgetäuscht, um in das Haus eines Verdächtigen zu kommen. Nach einer Reihe gefährlicher Zwischenfälle war es ihr gelungen, die Bande schließlich zu überführen.

»Und das kann auch Sara Du!«, sagte Flora laut und mit Nachdruck.

Sara Du war nicht mehr weit von dem Gutshof entfernt. Sie war etwas aufgeregt, sie konnte die Worte ihres Freundes Rubino nicht vergessen: »Halte dich von diesem Pack fern! Die Leute sind gefährlich und skrupellos! Höre wenigstens dieses eine Mal auf mich!«

Einen kurzen Moment lang, aber er war wirklich kurz, fragte sie sich, ob sie nicht doch eine andere, weniger gefährliche Taktik wählen sollte. In der Ferne hörte sie Hundegebell. Die Aufregung nahm sie vollkommen in Besitz, darunter mischte sich ein Hauch von Euphorie. Ein gefährlicher Cocktail. Zu gefährlich. Jetzt musste man Ruhe bewahren.

Ein paar Kilometer vor der Abzweigung zu dem Gutshof bog Flora in eine Nebenstraße ab, fuhr noch einige hundert Meter und hielt an. Sie stieg aus, vertrat sich die Beine, atmete mehrmals tief durch und wurde ruhiger. Der Adrenalinspiegel fiel. Binnen weniger Minuten war sie wieder völlig beherrscht.

Mit sicheren, schnellen Bewegungen schraubte sie die Nummernschilder ihres Wagens ab und ersetzte sie durch falsche, die sie stets in einer Tasche dabeihatte.

»Fertig!«

Als Sara Du zu ihrer Linken eine große Tankstelle sah, wusste sie, dass es nicht mehr weit war. Sie fühlte einen kalten Schauer auf ihrem Rücken. Der Ort hatte etwas Tristes und Beängstigendes: Über alte Zaunpfähle waren rostige Blechdosen gestülpt; dorniges Gestrüpp, ein verdorrter Baum, eine von einem Ast hängende dünne Schnur; Dutzende von Plastiktüten, irgendwie in ein Fahrradskelett ohne Räder gestopft – alles wirkte ungepflegt, heruntergekommen … oder noch schlimmer.

»Mein Gott, was für ein furchtbarer Ort!«

Sie bremste unvermittelt und brachte das Auto zum Stehen.

»Vor allem«, sagte sie zu sich selbst, »muss es wirklich nach Autopanne aussehen … Ich darf kein Detail vergessen!«

Sie gab Vollgas und ließ das Pedal abrupt wieder los. Den Vorgang wiederholte sie mehrmals. Das Auto hüpfte ruckweise immer wieder ein paar Meter vor, bis der Motor komplett blockierte. Sara Du stand jetzt ziemlich genau vor dem Tor zu dem Gutshof.

Ihr Plan war jetzt, auszusteigen, durch das halb offene Tor zu gehen und im Haus um Hilfe zu bitten.

Sie wollte gerade die Tür öffnen, als wie aus dem Nichts ein Mann auftauchte, die Fahrertür aufriss und sie mit einem kräftigen Stoß auf den Beifahrersitz beförderte. »Setz dich rüber und halt den Mund!«

Der Schrei blieb ihr im Hals stecken. Sie wollte in der Jackentasche nach ihrer Pistole greifen, doch der Mann hielt ihr die Hände so brutal fest, dass sie vor Schmerz aufschrie. Gleichzeitig kam ein Schrei aus dem Kofferraum.

Verblüfft drehten sich beide um und sahen zwei völlig verängstigte Kindergesichter hinter der Rückbank auftauchen.

Der Mann war außer sich vor Wut. »Ihr zwei haltet still oder die Oma geht hops!«, schrie er. Er startete den Wagen und fuhr los. Flora konnte ihren Blick nicht von dem unübersehbaren Muttermal auf der Wange abwenden: Es war eindeutig der Kerl, den sie im Park fotografiert hatte.

Sara Du, blass unter der Schminke, versuchte, den Unbekannten in ein Gespräch zu verwickeln: »Was haben Sie denn vor? Wer sind Sie überhaupt?«

»Kein Wort! Ich fahre euch jetzt mal schön spazieren!« Der Ton des Mannes ließ keinen Widerspruch zu.

Der Unbekannte fuhr einige Kilometer in die Richtung zurück, aus der Flora gekommen war. Er überquerte die Ringautobahn, fuhr noch ein Stück geradeaus, bog dann ab und hielt in einer der ersten Nebenstraßen des Industriegebiets am Stadtrand.

Er machte den Motor aus und wandte sich an die Oma: »So, und jetzt hör mir mal gut zu, Calamity Jane!«

Oma ist wütend

»… Gut, also, wenn ich das richtig verstanden habe, haben die Hunde mit der ganzen Geschichte gar nichts zu tun …?«

»Ja, genau, und außerdem haben wir einen Mordsschreck gekriegt, als dieser Typ plötzlich die Autotür aufgerissen hat …« Marta, deren Stimme man die Aufregung des Tages noch anhörte, konnte nicht den Mund halten.

»Bravo, Marta, nur weiter so!« Die Oma war grün vor Zorn. »Diesmal seid ihr eindeutig zu weit gegangen! Und von dieser ganzen Geschichte will ich nie wieder etwas hören!«

Alle wussten, dass ihre Wut mit dem Ungehorsam der Enkel, aber auch mit der Standpauke zu tun hatte, die dieser Mann ihr gehalten hatte. Die Oma fühlte sich in ihrem Stolz verletzt.

Sie schwiegen eine Weile.

Dann meinte Ilde: »Wer konnte auch wissen, dass dieser Mann ein Polizist ist! Er hatte ja gar keine Uniform an! Vielmehr war das eine wichtige Spur, denn das sind ja echte Verbrecher!«

»Recht hast du, Ilde«, sagte Marta. »Der Polizist hat erzählt, dass dort wirklich Hundekämpfe mit Wetten veranstaltet werden! Und dass die Polizei diesen Ring auszuheben versucht. Wir waren also sehr wohl auf der richtigen Spur.«

»Ich war auf der richtigen Spur, Marta! Ich, nicht ihr! Ihr zwei hattet da gar nichts zu suchen!«

Der Nachmittag hatte wirklich eine ordentliche Dosis an Spannung, Aufregungen und Enthüllungen gebracht.

Nur mit Mühe war es Oma und Enkeln gelungen, Ilde die Ereignisse wiederzugeben. Die Kinder ließen sich nicht davon abbringen, zu erzählen, wie die Oma ihre Rolle als Bettie Lynx geprobt hatte. Und das hatte Flora regelrecht zur Weißglut gebracht.

Schließlich hatten sie erzählt, wie der Mann mit dem Muttermal plötzlich in das Auto stieg und wie furchtbar sie sich erschrocken hatten. Dann diese Predigt, die er ihnen gehalten hatte: Ja, der Mann war Polizist. Er hatte ihnen seinen Ausweis gezeigt und wollte dann wissen, weshalb die Oma ihm seit einigen Tagen folgte.

Bei der Frage war die Oma vor Verlegenheit puterrot angelaufen. Sie hatte ihre Detektivlizenz vorgezeigt und von Aldo Crispones Auftrag erzählt. Daraufhin berichtete der Polizist, seine Abteilung versuche seit Monaten, die führenden Köpfe einer kriminellen Organisation dingfest zu machen, deren Gewinne zu einem Großteil aus illegalen Wetten bei Kämpfen mit Dobermannhunden stammten. Das Problem sei, dass sie an die Köpfe heranwollten, an die obersten Auftraggeber, und das sei nicht so einfach. Sie würden nie selber auftreten, schickten Strohmänner vor und hielten sich im Hintergrund.

Doch der Polizist hatte schließlich einen Weg gefunden, an die höhere Ebene heranzukommen, indem er als V-Mann eine Zusammenarbeit mit einem von der Bande aufnahm. Es war der andere Mann auf dem Foto, dessen Vertrauen er nach und nach gewonnen hatte. Er war es, der die Dobermannhunde stahl und sie zum Kämpfen abrichtete. Er stand auch in direktem Kontakt mit den Auftraggebern. Genau an diesem Tag hatte auf dem Gutshof ein Treffen mit einem ganz hohen Tier stattgefunden. Und Flora hätte um ein Haar alles platzen lassen! Das war knapp gewesen!

»Aber die Hunde … und Gippo?«, fragte Ilde.

»Wer weiß, vielleicht finden wir ihn wieder …«

»Liebe Marta, vergiss nicht, dass die erste Person Mehrzahl in dieser Sache nicht mehr existiert!«

»Entschuldigt mal«, meinte Leo, »eines ist doch jetzt klar: Es ging um das Bild und nicht um den Hund. Es ist doch unlogisch, wenn jemand in ein Haus eindringt, um einen Hund zu rauben, aber dafür nur ein paar Frikadellen dabeihat und kein sichereres Mittel, um ihn zu kriegen. Dann verletzt er den Hund mit einem zufällig herumstehenden Stück Nippes und nimmt so nebenher noch ein Bild mit?«

»Du magst ja recht haben, Leo. Aber wie auch immer – für euch ist Schluss. Punkt. Crispone, Otto, das Bild – diese Geschichte könnt ihr euch aus dem Kopf schlagen!«, erklärte die Oma.

»Eines habe ich aber noch nicht ganz verstanden …« Ohne es zu wollen, streute Ilde Salz in die Wunde. »Wie seid ihr denn darauf gekommen, dass die Oma wegwollte?«

»Das war Leo.«

»Aber angerufen hast du!«

»Was, angerufen?«, fragte Ilde.

»Liebe Ilde, dieses Fräulein hat sich für eine gewisse Frau Soundso ausgegeben – Wie hieß sie angeblich? Meloni? Jedenfalls von der Fachzeitschrift *Blumen und Blätter*.«

»Wenn wir dich nicht angerufen und im Vasenzimmer aufgehalten hätten, hätten wir es nicht geschafft, uns im Auto zu verstecken …«

»Eigentlich sollte ich kein Wort mehr mit euch reden. Ich kann nicht zulassen, dass euch meinetwegen etwas geschieht, versteht ihr das denn nicht!?«

»Ach, Frau Valé, nun beruhigen Sie sich doch. Ich glaube, die haben das kapiert. Die beiden haben für heute genug Abenteuer gehabt, würde ich sagen.«

»Recht hast du, Ilde, und ich gönne mir jetzt ein heißes Bad. Ihr Kinder verschwindet endlich hinter eure Bücher! Du, Marta, gehst nach Hause, sofort und ohne Widerspruch. Ilde, danke, wie immer. Bis später.«

Flora stand auf und die Kinder folgten ihr schweigend. Ihnen war klar, dass jedes Widerwort einen weiteren Wutausbruch zur Folge gehabt hätte. Sie verabschiedeten sich schweigend mit einem Heben der Hand von Ilde, während sie ihnen ermunternd zunickte und nachschaute, bis sie weg waren.

* * *

Sie brauchten einen vollen Tag, um die Ereignisse jenes Nachmittags zu verdauen. Keiner der drei erwähnte auch nur den Fall, alle versuchten, an etwas anderes zu denken. Aber am darauffolgenden Abend schlichen sich doch nach und nach alle Mutmaßungen und Spekulationen wieder in ihre Gespräche ein.

Marta hatte die Erlaubnis erhalten, bei den Großeltern zum Abendessen und über Nacht zu bleiben, da ihre Mutter sich mit Kollegen traf und ihr Vater bei Freunden zum Essen eingeladen war und Francesco mitgenommen hatte.

Opa war in Bestform und hatte die Familie den ganzen Abend, oder besser die ganze Vesper, mit Geschichten und Anekdoten, die er großzügig mit Sinnsprüchen in blütenreinem Küchenlatein würzte, glänzend unterhalten.

So verflog auch der Rest von Spannung, der zwischen seiner Frau und den Enkeln noch spürbar gewesen war.

Am Vorabend hatte Flora ihm alles erzählt, mit dem ihr eigenen Temperament. Er hatte sie besänftigt und beruhigt. Aber er wusste, dass sie Zeit brauchte, um darüber hinwegzukommen. Und so wandte er denn an dem gemeinsamen Abend sein ganzes Geschick als charmanter Unterhalter auf, um dafür zu sorgen, dass Giovanni nichts von Floras Nervosität auffiel und auch nichts von der Angespanntheit der Kinder, die fürchteten, sie hätten diesmal den Bogen wirklich überspannt.

»Danke, Papa«, sagte Giovanni, als er vom Tisch aufstand, »schon lange nicht mehr so gut gelacht. Ich konnte mich an diese ganze Sache gar nicht mehr erinnern ... Ich muss gehen. Schönen Abend und gute Nacht euch allen! Kinder, ihr geht ins Bett, verstanden?! Und nicht quatschen bis zwei Uhr morgens!«

»Keine Angst, Papa, du kannst dich auf uns verlassen«, sagte Leo mit dem unschuldigsten Gesichtsausdruck, der ihm zur Verfügung stand.

Der Opa zog sich in die Bibliothek zurück, und die Oma ging mit den Kindern ins Wohnzimmer, wo Leo den Fernseher einschaltete.

Marta fing schon wieder an zu grübeln: »Wenn aber der Fall der Hundediebstähle geklärt ist, dann muss man sich doch wieder fragen, weshalb dieses Bild gestohlen wurde! Wertvoll ist es nicht. Doch weshalb dann?«

Flora tat, als hätte sie nichts gehört.

»Ach, Oma, bitte! Bist du immer noch wütend auf uns? Ich mache auch nie mehr fingierte Telefonanrufe, ganz großes Ehrenwort!«

Die Kinder fielen ihr um den Hals: »Oma, Omalein, bittebitte!«

Floras Ärger über die Kinder war in Wirklichkeit bereits vollkommen verflogen. »Ich lasse euch aber auch immer alles durchgehen ...« Der Ton war der altbekannte liebevolle Ton einer alles in allem stolzen Komplizin. »Ihr habt es wirklich faustdick hinter den Ohren ... und wickelt mich jedes Mal um den Finger!«

»Jedes Mal? Schön wär's! Aber nun mal echt, Oma, angenommen, Casali war am Ende tatsächlich verrückt: die Landkarte, die Buchstaben, die die Frau nie gesehen hatte ...«

»Was für Buchstaben?«

»Die Buchstaben! Die Buchstaben seines Namens, die in den Eckornamenten des Bildes geschrieben stehen! Man könnte doch zum Beispiel annehmen, dass er damit … ich weiß nicht … in dem Bild etwas verbergen wollte … Vielleicht sogar in allen vier Bildern!«

Marta ergänzte: »Etwas, das Crispone nicht bemerkt hat!«

Leo versuchte, bei seinen Gedankengängen dort anzuknüpfen, wo er am Vorabend alleine in seinem Zimmer stehen geblieben war.

»Genau«, schloss die Oma. »Auch das müssen wir herausfinden: Interessiert sich der Dieb nur für das eine Bild oder für alle vier? Und dabei wissen wir noch nicht einmal, wo die anderen drei sind!«

»Stellt euch vor, die Bilder verbergen etwas Wertvolles! Einen Diamanten zum Beispiel …« Martas Fantasie ging etwas mit ihr durch.

»Und wenn es diese Frau war, diese Freundin von Crispone? Die eifersüchtig auf Otto war! Diese Gianna Traversi? Ich muss da unbedingt noch einmal hin. Diese Hundegeschichte hat mich komplett abgelenkt. Ich war mir so sicher, dass der Hund das Tatmotiv ist … Die Frau müsste ja jetzt zurück sein. Morgen gehe ich hin und bringe sie zum Reden.«

»Aber warum hat sie dann das Bild nicht gleich selbst gekauft? Weshalb hätte sie Crispone dazu überreden sollen?« Leos Logik war wirklich bestechend.

»Aber wer sagt denn, dass sie sich dafür interessierte … Wenn sie sich bei Crispone Eintritt verschafft hat, dann um Otto aus dem Weg zu schaffen. Das Bild hat sie nur mitgehen lassen, als sie merkte, dass sie an Otto nicht herankam … um abzulenken … Oder aber sie hat es aus einem anderen Grund mitgenommen, den wir erst noch herausfinden müssen …«, dachte die Oma laut vor sich hin.

Im Fernsehen lief eine Serie, die sie normalerweise alle drei mit Leidenschaft verfolgten. Heute hatten sie sie völlig vergessen.

»Habt ihr verstanden, weshalb Janet plötzlich ihre Schwester besucht, die sie seit zwei Jahren nicht gesehen hat?«, fragte Marta mit einem Blick auf den Bildschirm.

»Nein, aber jetzt können wir genauso gut abschalten. Die Folge ist ohnehin in zehn Minuten zu Ende und wir haben nichts mitbekommen.«

»Wir könnten etwas anderes machen … Kommt mal mit.« Die Oma stand vom Sofa auf, die beiden folgten ihr. Das Unwetter hatte sich endgültig verzogen.

* * *

Sie durchquerten den langen Flur, der die Wohnung mit dem Hotel verband. Die Oma stieß die schwere gepanzerte Tür auf und die drei standen im Foyer. Der große Raum erstrahlte im Licht des riesigen Leuchters aus Muranoglas, der das Ambiente im Stil eines ehrwürdigen italienischen Palazzos noch betonte, das schon die Möblierung, aber auch die Stuckverzierungen und die beim Umbau wunderschön restaurierten Fresken hervorriefen.

Auf den samtbezogenen blauen Sesseln saßen einige japanische Gäste, die auf ein Zeichen ihrer Führerin warteten, um zu ihrer *Tour by Night* aufzubrechen.

Sie gingen an der großen Treppe vorbei und blieben vor dem topmodernen Aufzug stehen, einem der wenigen Zugeständnisse des Hauses an die Segnungen des Fortschritts.

* * *

»Ist jemand da? Stören wir?« Oma Flora klopfte an die Tür eines Hotelzimmers im dritten Stock.

»Flora, wie schön! Leo, Marta, hallo, kommt herein, kommt ... ich habe gelesen. Ihr stört gar nicht, ich bin alleine. Eigentlich wollte ich noch ausgehen, aber dann habe ich es mir hier gemütlich gemacht«, sagte Emilio Abbiati, öffnete ihnen mit einem Lächeln die Tür und ließ sie in seinen kleinen, eleganten Salon eintreten.

Emilio lebte als ständiger und privilegierter Gast im Hotel und zahlte eine feste Miete für die Rosensuite, eine der schönsten Suiten des Hotels.

Emilio war seit seiner Kindheit eng mit Giovanni befreundet. In ihrer Studienzeit waren die beiden unzertrennliche Gefährten in allen Abenteuern gewesen. Idealer Stütz- und Ausgangspunkt für ihre Streifzüge war immer die große alte Villa der Valés gewesen, die damals nur zum Teil bewohnt war und deutliche Spuren eines nur mit Mühe aufgehaltenen Zerfalls zeigte. Ein Zerfall, der Emilio unwiderstehlich anzog und faszinierte. Im Laufe der Zeit wurde die Villa zu Emilios zweitem Zuhause und Pietro, Flora und Giovanni seine zweite Familie.

Dann verliebte sich Giovanni, ›besann sich eines Besseren‹ und heiratete. Die wilden Jahre waren vorbei. Emilio war noch Trauzeuge, doch von da an wurden ihre Kontakte spärlicher. Nach Leos Geburt verloren sie sich aus den Augen. Ihre Lebensweisen waren zu unterschiedlich geworden.

Dann starb Livia.

Und nach ihrem Tod war Emilio wieder da, als echter, brüderlicher Freund. Er begleitete Giovanni auf allen Wegen seiner Trauer und seines Schmerzes und führte ihn behutsam durch die dunkle Zeit, bis er wieder Licht sah und festen Boden unter den Füßen hatte.

Giovanni und seine Familie hatten außerdem eine andere, schwerwiegende Entscheidung zu treffen: Das große Haus zerfiel buchstäblich, ständig war etwas zu reparieren, restaurieren, sanieren. Und nie war genug Geld dafür da. In dieser schweren Phase seines Lebens hatte Giovanni sogar überlegt, alles aufzugeben, die Villa zu verkaufen, wie um die Last der Vergangenheit abzustreifen. Emilio dagegen gelang es, ihn davon zu überzeugen, nach neuen Lösungen zu suchen. Er hatte schließlich auch die Idee, das Haus in ein Hotel umzuwandeln und so genau jene Vergangenheit, die Giovanni sinnlos erschien, mit neuem Leben zu erfüllen.

Emilio war nun ein attraktiver Single und einer der führenden Köpfe einer großen Softwarefirma. Schon einige Male hatten sich die Oma und mehr noch die Kinder an ihn gewandt, wenn es darum ging, Computerprobleme zu lösen. Emilio hatte immer gerne geholfen.

»Hast du etwas Zeit?« Das Anliegen, das Flora heute hatte, erforderte nämlich eine längere Einführung.

Sie hatten Glück. Emilio war an diesem Abend durchaus in der Stimmung, sich ihre Berichte anzuhören und sich ebenfalls dafür zu begeistern. Sie erzählten ihm von ihrem Fall und zeigten ihm den Auktionskatalog der Firma Panforte.

»... das ist doch ein merkwürdiges Sammelsurium, findest du nicht? Lauter kurioses Zeug. Und alles wurde verkauft. Piratenflaggen, Pistolen, Musketen, sogar eine Trinkschale aus einem Totenkopf. Und ein Haufen Landkarten. Darunter die, von der der Maler eine Skizze angefertigt hat und die ganz ähnlich aussieht wie viele andere. Schau mal da!«

Marta hielt ihm den Katalog unter die Nase und zog ihn aufgeregt am Ärmel, um ihm die Liste der seltsamen Lose dieser Versteigerung zu zeigen: »Mit dabei waren vier Bilder. Und das geraubte ist eines davon.«

»Ja, ja, das ist alles schon sehr ungewöhnlich, aber ...« Emilio versuchte, den Redefluss zu unterbrechen, doch das war gar nicht so einfach.

»Aber ... Emilio, da ist ein Aber ...«, fiel ihm die Oma ins Wort. »Wenn wir wüssten, wer die anderen Bilder hat und ob die vielleicht auch gestohlen wurden, wären wir der Auflösung des Rätsels schon erheblich näher. Und deshalb habe ich an dich gedacht.«

»Ja, genau!!! Denn nur du kannst uns sagen, wie man sich Zugang zum Archiv der Firma Panforte verschaffen kann, um sich dort ein bisschen umzusehen«, schloss Marta.

»Das ist kinderleicht. Wenn sie wirklich alle Käufe archiviert und nach nachvollziehbaren Kriterien geordnet haben, finden wir das in fünf Minuten.« Seine Stimme verriet, dass er schon ganz genau wusste, wie er ihre Bitte erfüllen würde. Er wusste auch, dass er damit einmal mehr mit der vollen Bewunderung der beiden Kinder rechnen konnte. Eine Bewunderung, die bei seinen Worten schon zu wachsen begann, ähnlich einem Hefeteig, wenn er an einem warmen Ort steht.

»Nun, gerade legal ist es nicht, eigentlich bedeutet es sogar, dass wir uns zu Hackern machen, aber was tut man nicht für eine gute Sache.« Emilio hatte keine Zeit verloren, saß schon am Computer und erklärte betont langsam und detailliert jeden einzelnen Schritt: »... gut, damit wir keine Spuren hinterlassen, muss ich mit dem Kennwort eines Benutzers ins System kommen, der für die Datenbank der Firma zugelassen ist. Mal sehen ...«

Emilio sah Leo und Marta mit einem Lächeln an. Er genoss sichtlich die Erregung, die sich in ihren Gesichtern spiegelte. Es hätte ihn kaum Zeit gekostet, in wenigen Schritten ungestraft auf das Archiv der Firma Panforte zuzugreifen. Da er die Kinder aber gerne ein bisschen auf die Folter spannen wollte, machte er ein paar kleine Umwege. Zuerst landete er »irrtümlicherweise« im Archiv einer Konditorei, dann in dem einer Bücherei, anschließend im Katalog einer Firma, die über das Internet die sonderbarsten Dinge vertrieb, von phosphoreszierenden Steinen bis hin zu wärmeregulierenden Strumpfhosen, die auch noch die »kältesten Wintermonate« überstehen halfen ... Doch endlich gelangte er in das Archiv der Firma Panforte.

Hätte sich jemand in der Firma die Mühe gemacht, zu überprüfen, wer in den letzten Tagen diese Seiten besucht hatte, so hätten sie nur das Kennwort eines ihrer Mitarbeiter gefunden.

»Da haben wir's. Auktion der Sammlung Avena. 12. April 2000. Da ist die Liste aller Gegenstände, wie im Katalog, und da die Liste der Käufer.«

»Großartig. Emilio, du bist spitze«, sagten die drei im Chor. Es kam von Herzen.

PANFORTE - AUKTIONSHAUS MIT TRADITION

Versteigerung: 12. April 2000

Lose: 0001-0233

Lfd. Nr.	Anz.	Beschreibung	Größe	Entstehungszeit	Ausrufpreis Lire	Zuschlags-preis Lire	Verkäufer	Käufer
1	1	STIEFEL: Lederschuhwerk in Stiefelform,	14 x 14 cm	1535 geschätzt	200.000	350.000	ANTONIO AVENA	GIUSEPPE BELLONI
		beschädigt durch Durchschuss mit Feuerwaffe,					Viale Cavour 3 - Micca Tel. 31336	Piazza Diaz 93 - Micca Tel. 414562
		genannt: »Rotbarts Stiefel«						
2	1	PISTOLE: Faustfeuerwaffe, genannt:	35 cm	16. Jh.	1.120.000	1.260.000	ANTONIO AVENA	LUIGI BOLDI
		»Draguts Schrecken«					Viale Cavour 3 - Micca Tel. 31336	Via Garibaldi 12 - Micca Tel. 587932
3	1	SÄBEL: Säbel des Alug-Ali, genannt:	28,6 cm	1560 Jahreszahl			ANTONIO AVENA	LUIGI BOLDI
		»Die Brille«, Eisen und Messing		eingraviert			Viale Cavour 3 - Micca Tel. 31336	Via Garibaldi 12 - Micca Tel. 587932
4	3	verschied. AMULETTE:		Ende 19. Jh.	350.000	520.000	ANTONIO AVENA	GIOVANNA POLTIERI
		a) Skarabäus, schwarzer Stein	1,8 cm				Viale Cavour 3 - Micca Tel. 31336	Via Verdi 58 - Micca Tel. 547512
		b) Haifischzahn	5,4 cm					
		c) Horn aus Koralle	2,3 cm					
5	2	FAHNEN, Stoff, bestickt:		Ende 17. Jh.	1.580.000	1.657.000	ANTONIO AVENA	MICHELE POLLI
		a) schwarz, Totenkopf und gekreuzte Knochen	148 x 120 cm				Viale Cavour 3 - Micca Tel. 31336	Viale Marina 6 - Micca Tel. 245683
		b) schwarz, Skelett, Pfeil und Herz, genannt:	152 x 110 cm					
		»Alter Roger«						
6		FAHNEN, Stoff, bestickt:		ca. 1710	1.235.000	1.356.000	ANTONIO AVENA	FRANCESCO POLLI
		a) schwarz, Kanonenkugel	142 x 125 cm				Viale Cavour 3 - Micca Tel. 31336	Via Stradivari 12 - Micca Tel. 887364
		b) rot, gekreuzte Säbel	138 x 134 cm					
7	1	BILD A.R. CASALI	20 x 20 cm	1943/44	850.000	1.330.000	ANTONIO AVENA	GIORGIO DE ANDREIS
		Ritter im Mondschein, Öl auf Leinwand					Viale Cavour 3 - Micca Tel. 31336	Via dell'Orso 18 - Micca Tel. 697814
8	1	BILD A.R. CASALI	20 x 20 cm	1943/44	850.000	950.000	ANTONIO AVENA	CRISTINA VILLA
		Die Spielkarte, Öl auf Leinwand					Viale Cavour 3 - Micca Tel. 31336	Via dei Ciclamini 4a - Micca Tel. 568972
9		BILD A.R. CASALI	20 x 20 cm	1943/44	850.000	880.000	ANTONIO AVENA	ALDO CRISPONE
		Der Großmast, Öl auf Leinwand					Viale Cavour 3 - Micca Tel. 31336	Via Puccini 7 - Micca Tel. 256475
10		BILD A.R. CASALI	20 x 20 cm	1943/44	850.000	855.000	ANTONIO AVENA	CRISTINA VILLA
		Der Zeitgeber, Öl auf Leinwand					Viale Cavour 3 - Micca Tel. 31336	Via dei Ciclamini 4a - Micca Tel. 568972

PANFORTE - AUKTIONSHAUS MIT TRADITION

Versteigerung: 12. April 2000

Lose: 0001-0233

Lfd. Nr.	Anz.	Beschreibung	Größe	Entstehungszeit	Ausrufpreis Lire	Zuschlags-preis Lire	Verkäufer	Käufer
11	1	PFEIFE: Tabakpfeife, genannt:	11,20 cm	Ende 17. Jh.	2.000.000	2.200.000	ANTONIO AVENA	TIZIANO FONTANELLI
		»des Kidd«, Meerschaum					Viale Cavour 3 - Micca Tel. 31336	Via Pallanza 9 - Micca Tel. 146859
12	1	MUSKETE: Faustfeuerwaffe, genannt:	58,9 cm	Ende 17. Jh.	2.550.000	2.895.000	ANTONIO AVENA	LUIGI BOLDI
		»Posaune von Caracosa«					Viale Cavour 3 - Micca Tel. 31336	Via Garibaldi 12 - Micca Tel. 587932
13	1	TOTENKOPFSCHALE: Schale mit Totenkopf,	13 x 20 cm	ca. 1864	450.000	470.000	ANTONIO AVENA	LUCA TAGLIAFERRO
		genannt: »Schwarzbarts Schale«					Viale Cavour 3 - Micca Tel. 31336	Via dei Calzolai 5 - Micca Tel. 45712
14	1	BINDE: Augenbinde, genannt:	26 x 6 cm	Ende 18. Jh.	250.000	258.000	ANTONIO AVENA	GIANNA TRAVERSI
		»Einauges Augenbinde«					Viale Cavour 3 - Micca Tel. 31336	Via Guicciardini 103 - Micca Tel.546213
15	7	GOLDMÜNZEN:			1.300.000	1.600.000	ANTONIO AVENA	GIUSEPPE LODI
		a) 2 Dublonen, Gold, Münzstätte: Segovia	Durchm. 2,3 cm	1626			Viale Cavour 3 - Micca Tel. 31336	Via Molière 20 - Micca Tel. 13546
		b) 3 Genueser Scudi, Gold, GEFÄLSCHT	Durchm. 2,8 cm	1684				
		c) 2 Löwentaler, Silber, Campen (Flandern)	Durchm. 1,85 cm	1648				
16	1	SATZ SPIELKARTEN:	10,5 x 6 cm	Ende 19. Jh.	350.000	458.000	ANTONIO AVENA	CLARA PONTICCHIO
		Spielkarten mit Filibustier, Korsar, Bukanier					Viale Cavour 3 - Micca Tel. 31336	Via dei Sassi 5 - Micca Tel. 12478
17	67	SAMMLUNG von Dokumenten, umfassend: spanische	verschied.	17. u. 18. Jh.	7.300.000	8.250.000	ANTONIO AVENA	ARHD
		Navigationskarten des Schiffes »El Rosario«,					Viale Cavour 3 - Micca Tel. 31336	Via dell'Orso 18 - Micca Tel. 697814
		Landkarte »La Sepa«, Seekarte »Le Indie«, Landkarte						
		»Rio Grande«, Landkarte »Krönungsinsel«,						
		Kaperbriefe, Portolane, Versicherungsbriefe						
18	2	ASTROLABIUM: altes astronomisches	50 x 58 cm	Ende 18. Jh.	4.200.000	4.830.000	ANTONIO AVENA	GIUSEPPE LODI
		Messinstrument					Viale Cavour 3 - Micca Tel. 31336	Via Molière 20 - Micca Tel. 13546
19	1	PORTRÄT: Radierung Porträt eines Piraten	45 x 38 cm	1895	1.200.000	1.250.000	ANTONIO AVENA	FRANCA TRASI
		genannt: »Der Segler«					Viale Cavour 3 - Micca Tel. 31336	Via del Mulino 20 - Micca Tel. 14783
20	1	ECHTES BRUCHSTÜCK der Adventure Galley,	ca. 40 x 20 cm	Ende 17. Jh.	3.450.000	5.780.000	ANTONIO AVENA	GIOVANNI ALLIEVI
		Schiff des berühmten Captain Kidd					Viale Cavour 3 - Micca Tel. 31336	Corso Indipendenza 48 - Micca Tel. 587091
21	8	ALTE WERBEPLAKATE für Rum	verschied.	Anfang 20. Jh.	700.000	900.000	ANTONIO AVENA	GIACOMO CASTELLI

1. März 1944

Es ist ein Wunder, dass mich die Deutschen nicht fertiggemacht haben. Ich habe versucht, mit Gianninos Boot hinauszufahren. Sie haben mich erwischt, so ein Pech auch! Sie haben mich zwei Tage lang gefangen gehalten. Mich mit Schlägen und Tritten traktiert und dann wieder freigelassen.

Ich habe behauptet, ich wollte Fische fangen, ich hätte Hunger gehabt. Ich hätte es mir selber nicht geglaubt. Der wahre Grund wäre auch nicht glaubhafter gewesen. Doch wem hätte ich das schon erzählen können? Vielleicht hatten sie Mitleid mit mir. Eher noch haben sie mich für ein wenig verrückt gehalten. Oder irgendjemand hat ihnen das gesagt. Hier denken viele, bei mir sitze eine Schraube locker. Holzkopf den Seeräuber nennen sie mich. Wenn die wüssten, was der Holzkopf gefunden hat! Dabei war mir klar, dass es Wahnsinn ist! Wie konnte ich denken, ich würde es mit einem Ruderboot bis dahin schaffen! Und das in diesen gefährlichen Zeiten! Was hätte ich dort überhaupt ausrichten können? Über den Boden kriechen? Mit diesen nutzlosen Beinen, die inzwischen hart und dürr sind wie von der Sonne getrocknetes Treibholz?

Aber in mir brennt ein Feuer und das versengt und verzehrt mich. Ich hielt es einfach nicht mehr aus, das Leben vor mir zu sehen und es nicht packen zu können, nur davon zu träumen. Ich musste wenigstens nachsehen. Verstehen, überprüfen, ob ich nicht doch alles nur geträumt hatte! Verfluchter Einauge. Was für einen teuflischen Pakt hast du geschlossen?! Es heißt, dass du immer noch auf den Meeren unterwegs bist, nie gestorben. Und dass du wie ein Vampir allen Heimatlosen wie mir das Leben aus den Adern saugst. Meines jedenfalls kippst du dir in die Gurgel, Tropfen für Tropfen. Manchmal sehe ich dich, im Schlaf, wie du mir in dieser verdammten Höhle deinen Säbel durch die Kehle ziehst.

Und jede Nacht verfolgt mich der Albtraum, einer könnte vor mir da sein und sich alles holen. Vier Jahre meines Lebens habe ich darauf verwendet, jenen Ort ausfindig zu machen. Vier Jahre habe ich mich abgeplagt, die Meere abgesucht, bis ich verstanden habe, welchen Küstenabschnitt diese Karte darstellt.

Einauges Geheimnis

»Frau Villa? ... Ich komme von der Agentur Cristallo, wir haben heute Morgen telefoniert ... Ja, danke. Letzter Stock?!«

Sara Du, diesmal von Kopf bis Fuß gediegene Geschäftsfrau, fuhr mit dem Aufzug die fünf Etagen des Wohnhauses hinauf, in dem Cristina Villa wohnte, die Frau, die bei der Auktion zwei der vier Gemälde mit Seeräuberthemen von Casali ersteigert hatte.

Sie hatte telefonisch darum gebeten, ihr im Zusammenhang mit dem Auftrag eines Kunden ein paar Fragen stellen zu dürfen. Diesmal wollte sie einfach die Wahrheit sagen. Nicht mehr und nicht weniger.

Flora hatte sich diesmal für den direkten Weg entschieden. Sie vertraute darauf, dass die Frau, wenn sie in den Diebstahl verwickelt war, unsicher werden oder versuchen würde, ihren Fragen auszuweichen.

Doch Frau Villa reagierte mit echter, ungeheuchelter Überraschung: »Das ist doch unglaublich! Dann wurde das also auch gestohlen! Als ob es mit diesen Bildern eine besondere Bewandtnis hätte? Dabei haben wir doch wohl keine Rembrandts erworben!«

Cristina Villa war eine ausgesprochen liebenswürdige Person. Zusammen mit ihrem Mann begrüßte sie Sara Du auf das Freundlichste und führte sie in eine große, mit alten Möbeln eingerichtete Wohnung, in der schwere Vorhänge vor den Fenstern hingen und große Teppiche auf Fischgrätparkett lagen. Was Sara Du am meisten beeindruckte, waren jedoch die Wände, die unter den zahllosen Bildern in allen Größen und Stilrichtungen kaum mehr zu sehen waren.

Frau und Herr Villa waren nicht mehr ganz jung und beide eher klein. Sara Du führte mit ihnen ein lebhaftes, interessantes Gespräch, in dessen Verlauf Frau Villa erzählte, sie sei eine begeisterte Besucherin von Auktionen und habe im Laufe der Jahre einiges ersteigert, darunter die vielen Bilder. Ihr Mann gab zu verstehen, dass er es für eine Marotte seiner Frau hielt, immer wieder in diesen Kampf der Versteigerung ziehen zu wollen. Sie selbst gab zu, dass es für sie tatsächlich ein Bedürfnis sei, in einer Art Kampf anderen etwas abzuringen oder wegzuschnappen.

Genau so hatte sie damals auch diese beiden seltsamen Ölgemälde errungen und mit nach Hause gebracht und wie immer hatte ihr Mann sie fotografiert und katalogisiert.

So kam es, dass Sara Du plötzlich zwei gute Aufnahmen der beiden Bilder in der Hand hielt. Das eine zeigte eine Fahne vor blaugrünem Meer, das andere einen Piraten mit einer Spielkarte in der Hand. Wie die Bilder von Crispone waren auch diese beiden nach dem gleichen Muster mit den rotgoldenen Ornamenten in den Ecken ausgestattet.

Sara Du erkundigte sich, wie die Bilder denn gestohlen worden seien.

Zum Kaffee, der in zierlichen Tässchen aus feinem rosa-blauem Porzellan serviert wurde, erzählte Frau Villa, die Einbrecher seien über das Dach eingestiegen, über den kleinen Balkon ihrer Mansarde. »Wie Katzen. Unglaublich! Und dann nur diese beiden wertlosen Bildchen mitzunehmen, vorausgesetzt, die waren wirklich wertlos …«

»Und sonst sicher nichts?«

»Ganz, ganz sicher. Ich habe mich ja nicht mehr um viel zu kümmern. Ich bin in Rente, die Kinder sind aus dem Haus, die Beine wollen nicht mehr so richtig. Wir gehen nur noch aus, um hin und wieder mit Freunden Karten zu spielen. Ich bin viel zu Hause und genieße es, meine guten Stücke zu betrachten, die Bilder, die Skulpturen …«

»Deine Trophäen, wenn man so will«, bemerkte ihr Mann.

Cristina Villa lächelte: »Ja, warum nicht, meinetwegen Trophäen. Auf eine Auktion zu gehen ist für mich, wie auf die Jagd gehen. Ich habe immer ein ruhiges Leben geführt. In diesen Momenten entdecke ich meinen Kampfgeist, und es macht mir richtig Spaß, das gebe ich gerne zu. Viel Geld konnte ich nie ausgeben, aber ich habe immer nur Dinge gekauft, die mir gefielen. Ich habe mir alles immer ganz genau ausgesucht. Und genau deshalb habe ich auch keinen Zweifel, dass nur diese zwei verschwunden sind. Ich habe Anzeige erstattet und dann den Schlosser bestellt. Wir lassen schwere Gitter an den Fenstern anbringen. Sonst kann man ja nicht mehr ruhig schlafen. Wenn sie es durch die Tür nicht schaffen, kommen sie übers Dach … Unverschämt!«

»Haben Sie denn irgendeinen Verdacht?«

»Wir waren ja nicht zu Haus und wir haben überhaupt keine Ahnung, aber die Nachbarin im zweiten Stock sagte, sie habe an dem Tag einen Arbeiter in unser Stockwerk gehen sehen. Sie meinte natürlich, wir hätten Handwerker im Haus. Wir haben uns im Nachhinein gedacht, dass es tatsächlich einer der Diebe gewesen sein könnte, der vom letzten Stockwerk durch die Wartungsluke aufs Dach gestiegen sein könnte. Danach könnte er über den Balkon in unsere Wohnung geklettert sein.«

»Weiß man auch, ob der mutmaßliche Dieb einen braunen Overall trug?«

»Nein, dazu hat Frau Piscicelli nichts gesagt. Vielleicht, wenn das wichtig sein sollte … dann könnten Sie sie ja selbst fragen. Sie wohnt im zweiten Stock.«

* * *

Sara Du verabschiedete sich von den Villas und klingelte bei Frau Piscicelli, die ein ausgeprägtes Mitteilungsbedürfnis hatte. Sie konnte ihr Glück nicht fassen – da war jemand, dem sie ihre Geschichte auch zum zehnten Mal erzählen konnte. Als Sara Du das merkte, versuchte sie, sich einem endlosen, langweiligen und voraussichtlich nutzlosen Monolog zu entziehen, indem sie sich auf dem Absatz umdrehte … Doch Frau Piscicelli ließ sich nicht so leicht abwimmeln. Sie gehörte zu der Sorte Menschen, die nie locker lassen, denen aber niemand durch die abstrusen Windungen ihrer Gedankengänge folgen kann.

Sara Du musste eintreten, musste den Glanz von Fenstern, Böden und Spiegeln bewundern. Kein Stäubchen hatte hier eine Überlebenschance. Dann gelang es ihr auch nicht, den Kaffee abzulehnen, der dank der wunderbaren Espressomaschine von Frau Piscicelli wie von Zauberhand plötzlich vor ihr stand. Kaffee auf dem Tisch hieß zwangsläufig, dass Flora auf einem der mit geblümten Plastikkisschen bedeckten Stühle Platz nehmen und sich die ausführlichen Berichte über alle gelungenen und gescheiterten Einbrüche und Diebstähle im Stadtteil anhören musste, an die sich die Dame mit verblüffender Genauigkeit und Detailschärfe erinnerte. Nur einmal schien Frau Piscicelli das Wort abgeben zu wollen, als sie zu Sara Du sagte: »Aber Sie als Detektivin, Sie müssen doch die tollsten Abenteuer erlebt haben? Ist es nicht ein gefährlicher Beruf?«

»Nun ja«, hob Sara Du an, »es kommt schon vor …«

Weiter kam sie nicht, denn die redselige Dame fiel ihr ins Wort und erzählte, wie sich eine entfernte Verwandte vor zwanzig Jahren über beide Ohren in einen Detektiv verliebt hatte, den sie dann auch heiraten wollte. Wie alles bis ins Detail vorbereitet wurde: Einladungen, Hochzeitskleid, Hochzeitsfeier, Sekt. Wie sie dann doch in letzter Minute absagte, weil sie die Angst packte, dieses Leben als »Spion« würde am Ende die ganze Familie beeinflussen und belasten.

Beim Wort »Spion« verlor Sara Du die Geduld. Sie stand auf und sagte streng: »Also, wie war das genau mit diesem Handwerker, den Sie zu den Villas haben hinaufgehen sehen? Haben Sie ihn gesehen oder nicht? Erinnern Sie sich, wie er aussah? Welche Farbe hatte der Overall, den der Mann trug?«

Nach einigem Hin und Her erhielt sie endlich die gewünschte Auskunft: Ja, der Mann trug in der Tat braune Arbeitskleidung.

Als es gesagt war, stand Sara Du endgültig auf, verließ ohne weitere Umstände die Wohnung und verabschiedete sich hastig, als wäre ihr plötzlich eingefallen, dass sie einen dringenden Termin habe.

Endlich auf der Straße stieß sie einen tiefen Seufzer der Erleichterung aus. Der Kaffee hatte sie aufgeputscht. Sie war so energiegeladen, dass sie unbedingt etwas unternehmen musste, um sich abzureagieren. Sie beschloss, Gianna Traversi zu besuchen. Zwar war ihre geschäftsmäßige Kleidung nicht gerade das, was sie sich für den Auftritt als angebliche Rivalin vorgestellt hatte, aber sei's drum … nun hatte sie gerade Zeit und Lust, sie zu sehen, Crispones eifersüchtige Freundin.

Doch die wollte sich offenbar nicht finden lassen.

»Sie ist wieder verreist. Ans Meer diesmal. Sie sagte sogar ›so richtig ans Meer, nicht nur hier an die Küste. Und ich fahre eben außerhalb der Hochsaison, wenn nicht so ein Gedränge herrscht …‹ So ein Leben möchte ich mir auch leisten können!«

Die Pförtnerin erging sich in einem wortreichen Kommentar zu dem ihrer Meinung nach ungewöhnlichen Lebenswandel der Gianna Traversi; beklagte lautstark das Schicksal armer Leute, die sich ja nie Urlaub leisten könnten; erzählte dann von einem unvergesslichen Ausflug in die Berge, mit Schnee und Schlittenfahrten, den sie vor gut zehn Jahren gemacht hatte; kritisierte die Politik der Regierung, die ja »ohnehin immer denen die Taschen füllt, die schon von allem genug haben«, grüßte schließlich, trat ab und ließ die Oma verdattert auf dem Treppenabsatz stehen.

»Das war aber heute die volle Ladung! Mir platzt gleich der Kopf. Und dann diese Traversi. Verreist! Schon wieder! Wer's glaubt, wird selig ...« Die Oma verspürte den plötzlichen Drang, sofort nach Ägypten zu fliegen, mit Reiseziel Sharm El-Sheik. Doch dann fiel ihr ein, es sei wohl besser, weitere fünf Tage abzuwarten, bis sie zurückkommen sollte, um dann endlich die Frau kennenzulernen, die Einauges Augenbinde ersteigert hatte.

* * *

TEST Nr. 4

In den roten Eckornamenten eines der Bilder scheint ein Fehler zu stecken. Welcher Fehler ist es und in welchem Bild befindet er sich?

Trage die Antwort in die entsprechende Zeile auf Seite 135 ein.
Die Lösung findest du, wenn du weiterliest. Wenn deine Antwort richtig war, kannst du dir die entsprechende Punktzahl auf deinem Krimimeter eintragen.

20 PUNKTE

* * *

Draußen war ein Hauch von Sommer zu spüren. Leo und Marta hatten Jacken und Pullover ausgezogen und genossen dieses wunderbare Gefühl von Freiheit, das jedes Mal aufkommt, wenn man in die Pedale tritt und einem der Fahrtwind über die Haut streicht.

Heute wollten sie Professor Gerardi befragen. Marta hatte ihn nach dem Mittagessen angerufen. Sie verschwieg, dass sie die Tochter einer Kollegin war, und hatte ihm die übliche Geschichte erzählt, von dem Schulprojekt über einheimische Künstler.

Professor Gerardi hatte erst gezögert, dann aber einer Begegnung zuge-

ze Fotos von drei

Buchstaben, die
zu sehen waren,

f einem einzigen
ıllen? Hat er sich
Während Leo und
ich auf das Tref-
, dass er die Ge-
ıch, sie habe nie
:sen noch bei ir-

würdig. Was ma-
ch die Bilder se-

onade?«

Leo und Marta wählten die Limo, setzten sich und versanken in tiefen Sesseln, die sie schier zu verschlucken drohten, jeder mit einem großen Glas Limonade mit Eis. Ihnen gegenüber saß, genauso in den Polstern versunken, die Augen halb geschlossen, die Pfeife in der Hand, Professor Gerardi. »Diese Sessel sind wie eine Hülle, wie Eierschalen – Man kann darin besonders gut denken, findet ihr nicht? Nun, dann erzählt mir mal von eurem Projekt.«

»Bei unseren Nachforschungen über einheimische Künstler sind wir auf Casali gestoßen ...« Wie immer bei solchen Gelegenheiten hatte Marta das Wort ergriffen. Die vielen Ereignisse waren in ihrem Kopf jedoch so völlig durcheinandergeraten, dass ihre Erzählung für den Zuhörer weder Hand noch Fuß hatte und Gerardi nur den letzten Teil verstand: »... und als man uns im Auktionshaus sagte, Sie seien ein Experte und Sie besäßen eines, eins der vier Bilder, meine ich ...«

»Halt. Einen Moment bitte. Ich bin kein Kunsthistoriker und erst recht kein Experte für Bilder von Casali. Ich bin Historiker und beschäftige mich mit der Geschichte der Piraterie im Mittelmeerraum. Ich weiß nicht, ob euch das bewusst ist, aber Schwarzbart, Francis Drake oder die Piraten von der Schildkröteninsel waren nicht die einzigen Seeräuber. Da gab es nicht nur die, die ferne und exotische Gewässer unsicher machten. In unseren Gefilden gab es ebenso mutige und legendäre Piraten. Die Piraterie hat es auch auf unseren Meeren immer gegeben. Was aber die Bilder betrifft …«

»Ah, sicher«, schaltete sich Leo ein, um etwas Klarheit in die Sache zu bringen, »wir sind ja gerade deshalb zu Ihnen gekommen, weil wir dachten, Sie könnten uns dabei helfen, diese Bilder besser einzuordnen. Vielleicht können Sie uns erklären, was sie darstellen, ob sie etwas Besonderes aussagen … Außerdem wissen wir, dass Sie selbst eines besitzen, und wir würden es gerne sehen. Wir kennen nämlich nur Fotos davon … Haben Sie es noch? Es wurde doch nicht etwa gestohlen?«

»Nein, weshalb fragt ihr denn das?«

»Weil, nun ja, eben einfach so …«

Gerardi schaute ihn unschlüssig an. »Nun, jedenfalls … ihr habt ja die Aufnahmen von den Bildern. Wenn ich euch sagen soll, was sie darstellen, müsste ich sie schon sehen, diese ominösen Bilder. Habt ihr die Fotos mitgebracht?«

Leo öffnete seine Schultasche und reichte dem Geschichtsprofessor die drei Abbildungen.

Bei dem Foto von Crispone lachte Gerardi kurz auf. »Na, viel ist ja nicht gerade zu sehen …« Er erhob sich mühsam aus seiner Sesselhülle, nahm eine Leselupe zur Hand und begann, das Bild genau zu prüfen. Danach die beiden anderen. Hin und wieder schaute er allerdings verstohlen zu Marta und Leo hinüber. Fast als sei er mehr an ihnen als an den Bildern interessiert. Leo fing an, sich etwas unwohl zu fühlen.

Marta dagegen wurde unruhig und platzte heraus: »Sie könnten uns doch schon einmal Ihr Bild zeigen!«

»Ja, sicher, wartet, ich hole es.« Gerardi verließ das Zimmer und kam kurz danach mit einem kleinen Gemälde wieder. Es war das gleiche, das sie im Auktionskatalog gesehen hatten, mit dem hell von der Sonne beschienenen Ritter vor einem düsteren schwarzen Schiffswrack. Das Schwert in seiner Hand warf einen deutlichen dunklen Schatten.

Während Gerardi weiter die Fotografien betrachtete und dabei durch seine Pfeife hin und wieder Rauch ausstieß, betrachteten Leo und Marta sein kleines Ölbild ganz aus der Nähe. Flüsternd kamen sie zu dem Schluss, die Abbildung im Katalog sei hervorragend und originalgetreu, und sie würden nichts sehen, das sie nicht schon gesehen hätten.

»Nun gut«, folgerte schließlich Professor Gerardi, »die vier Bilder haben einen Bezug zu Piraten, wenigstens zwei beziehen sich außerdem ausdrücklich auf den einäugigen Ritter.«

»Auf den was?«

»Ihr habt vielleicht noch nie von ihm gehört, aber in der zweiten Hälfte des 17. Jahrhunderts lebte ein berühmter Pirat namens Einauge, und ich bin sicher, dass dieser Ritter hier diesen Einauge darstellt. Er ist an drei Merkmalen zu erkennen: der Augenbinde, der Fahne und dem Brustkreuz.«

»Weshalb? Was bedeuten sie?«

»Schaut: Der Ritter trägt auf der Brust ein rotes achtspitziges Kreuz. Unten links ist eine Distel abgebildet und oben rechts ein Stieglitz, den man auch Distelfink nennt, weil er sich gerne auf Disteln niederlässt. All diese Hinweise belegen, dass der Mann auf dem Bild ein Ritter des Distelordens war, eines Ritterordens, der im Jahr 1099, zur Zeit der Kreuzzüge, gegründet wurde und zu Einauges Zeiten in Manfredonia an der süditalienischen Adriaküste ansässig war.«

»Weshalb denn ein Distelfink? Und weshalb das achtspitzige Kreuz?«

»Das achtspitzige Kreuz verweist auf Johannes, der auch der Schirmherr des Distelordens ist. Und der Distelfink erklärt sich aus der Geschichte dieses Ritterordens. Die Legende der Entstehung besagt nämlich, dass der Gründer des Ordens neben einem Distelbusch eingeschlafen und ihm im Traum ein Distelfink erschienen sei. Der Vogel sprach zu dem Ritter und warnte ihn vor einem bevorstehenden Überfall der Sarazenen. Der Ritter fuhr hoch, rief seine Mitstreiter und kurz darauf wurden sie angegriffen. Dank der Traumerscheinung wurden sie nicht im Schlaf überrascht, konnten sich verteidigen und gingen siegreich aus dem Kampf hervor.«

»Und Einauge? War er ein Ritter des Distelfinkordens?«

»Des Distelordens. Ja, genau. Ein weiteres Erkennungsmerkmal für ihn ist seine Augenbinde: Einauge heißt ja so, weil er bei einem Schusswechsel ein Auge verloren hatte. Aber das eindeutigste, unverwechselbarste Zeichen ist die Fahne. Denn das ist nicht die Fahne des Ordens, sondern die Flagge, unter der Einauge sozusagen ›auf eigene Rechnung‹ Geschäfte machte.«

»Das verstehe ich nicht … was bedeutet ›auf eigene Rechnung‹?«

»Das bedeutet, diese Ritter waren im Privatleben Seeräuber, besser gesagt Freibeuter. Sie überfielen die Schiffe der Muslime, aber nicht nur die, plünderten sie und raubten alles, was ihnen unter die Finger kam. Auch Menschen. Damals dienten Gefangene dazu, die Familien zu erpressen. Wenn nicht gezahlt wurde, landeten die Geraubten in der Sklaverei, manchmal auch als Rudersklaven auf den Galeonen.«

»Und keiner hielt sie auf? Auch nicht die Polizei?«, empörte sich Marta.

»Ganz und gar nicht! Im Gegenteil, die Piraterie war staatlich zugelassen und wurde zum Teil sogar gezielt gefördert. Es wurden richtige Lizenzen vergeben, sogenannte Kaperbriefe, weil es den herrschenden Fürsten damals mehr als nur recht war, wenn der Handelsverkehr aus dem Nahen Osten gestört wurde. Die Beute der Seeräuber füllte in der Regel die Kassen der Ritterorden. Aber die Ritter durften auch auf eigene Rechnung handeln, vorausgesetzt sie gaben einen Anteil des Ertrags an den Orden ab. Und Einauge hatte eben, wenn er auf eigene Rechnung unterwegs war, diese ganz besondere Flagge gehisst, die hier auf dem Bild zu sehen ist. Und da er als besonders grausam bekannt war, war die Flagge sehr berühmt und in weitem Umkreis gefürchtet. Sie ist schwarz, wie ihr seht, und in der Piratensprache steht Schwarz für den Tod, in der Mitte ist eine Sanduhr zu sehen, die die Zeit symbolisiert, und die vier Buchstaben – könnt ihr sie sehen?«

»Ja, stimmt … ATLV … was bedeuten sie?«

»Al Tempo La Vendetta. Kommt Zeit, kommt Rache.«

»Was soll das bedeuten?«

»Nun, das ist eine lange Geschichte … aber kurz gefasst kann man sagen, dass er der Meinung war, ihm sei Unrecht widerfahren.«

»Was für ein Unrecht?«

»Da müssen wir ein wenig weiter ausholen: Einauge hieß in Wirklichkeit Urso Badoer und war der jüngste Sohn einer reichen adligen Venezianerfamilie. Er wurde mit seinem Schiff von türkischen Seeräubern gekapert, die für seine Freilassung ein Lösegeld verlangten. Die Familie wollte nicht bezahlen, und für die Regierung von Venedig standen zu viele Handelsinteressen auf dem Spiel, um sich einzuschalten. So blieb Urso, der damals sechzehn Jahre alt war, in den Händen der Türken. Doch er schwor Rache. Es gelang ihm, zu fliehen, und er … aber lest doch mein Buch, wenn ihr mehr wissen wollt. Der langen Rede kurzer Sinn ist jedenfalls, dass Einauge vor allem venezianische Schiffe überfiel, sie kaperte und komplett ausplünderte. Er soll damit steinreich geworden sein.«

»Professor Gerardi, was halten Sie denn von diesen Bildern?«

»Nun, ich müsste sie genauer prüfen … oder ich scanne sie gleich in meinen Rechner ein, wenn ihr erlaubt, dann kann ich sie mir in Ruhe ansehen. Einverstanden?«

Leo und Marta wunderten sich zwar ein bisschen, stimmten aber zu. Der Professor legte die drei Bilder in den Scanner und fuhr den Computer hoch.

»So aus dem Stand ist das nicht ganz einfach …«, fuhr er fort, nahm die Aufnahmen wieder in die Hand und hielt noch einmal die Lupe darüber. »Aber diese beiden scheinen ja nichts mit Einauge zu tun zu haben. Ich würde sagen, das sind Bilder, in denen ganz allgemein Seeräubersymbole dargestellt sind. Ein Mann, der auf einer Art Sprungbrett steht; vielleicht der besagte ›Gang über die Planke‹, damals eine Folter und Strafe für Verräter. Die Karte in der Hand … keine Ahnung. Und hier, das Segelschiff, ein Genrebild, was weiß ich … ein Bild vom Leben auf See. Das Letzte zeigt Einauges Flagge, allerdings mit einer kleinen Änderung: die Sanduhr, die Buchstaben ATLV und dann zusätzlich diese Zahl, womöglich das Jahr, in dem die Bilder entstanden sind …«

»Weshalb hat denn Ihrer Meinung nach Casali diese Bilder gemalt? Und weshalb vier?«, fragte Leo.

»Nun, wie ihr wisst, waren die Bilder eine Auftragsarbeit, und ich weiß, dass der Auftraggeber sehr präzise Wünsche hatte … Ich bin zu dem Schluss gekommen, dass sich da jemand aus einer Laune heraus, aufgrund einer fixen Idee, etwas Bestimmtes malen ließ.«

»Haben Sie denn die vielen Landkarten im Auktionskatalog gesehen? Eine war ja sogar auf dem Deckblatt abgebildet. Denken Sie, dass sie auch etwas mit Einauge zu tun haben könnten?«

»Ach, du spielst auf das an, was euch die Witwe des Malers erzählt hat, Frau Casali? Ich weiß, das hat sie mir auch erzählt. Aber da betreten wir nun wirklich den Bereich der Legende. Das hat mit Geschichte nichts mehr zu tun. Was ich euch berichtet und in meinem Buch beschrieben habe, ist belegt. Aber die Landkarten … das kann niemand sagen! Ich habe unzählige Landkarten gefunden, Karten, die angeblich zu märchenhaften Schätzen führen, mehr oder weniger originalgetreu, Karten mit richtigen, existierenden Namen, erfundene Karten, reine Fantasiekarten … Da kann man sich nicht darauf verlassen. Ich weiß, dass der Katalog auch Schriftstücke, eine ganze Sammlung, enthielt. Ich hätte sie ja gerne gesehen, aber wer weiß, wo sie hingekommen ist oder wer sie gekauft hat. Jedenfalls hat das nichts mit eurem Projekt zu tun, denke ich … Aber wenn ihr neugierig seid und mehr wissen wollt, dann lest mein Buch. Hier, ich schenke es euch.«

»Sagen Sie, Professor Gerardi«, fragte da Marta, »könnte es nicht sein, dass die Bilder etwas verbergen?«

Gerardi blickte sie einen Moment lang aus schmalen Augen an. Dann schaute er auf seine Uhr, erhob sich aus seiner tiefen Eierschalenhülle, breitete die Arme zu einer verabschiedenden Geste aus und entließ die beiden.

* * *

Das Gittertor der Firma Cavalli war offensichtlich erst vor Kurzem erneuert und in einem wunderschönen Pfauenblau gestrichen worden. Im Hof herrschte peinlich genaue Ordnung, fast wie in einem sorgfältig gepflegten Ziergarten. Die Lastwagen waren frisch gewaschen, der Eingang zum Gebäude wirkte einladend, die Büros freundlich. Die Sekretärin lächelte, während sie sich die merkwürdigen Fragen der merkwürdigen Vertreterin einer ihr unbekannten Versicherungsgesellschaft anhörte.

»Eigenartig«, dachte Sara Du, »hier sieht es eher aus wie in einem Modehaus als wie in einer Speditionsfirma. Alle wirken glücklich und zufrieden. Hier hat jemand einen ganz schönen Batzen springen lassen und das ist noch gar nicht lange her. Ein unerhofft einträgliches Geschäft vielleicht?«

»Korrigieren Sie mich, wenn ich mich irre«, sagte indessen Giusi, ein hübsches blondes Mädchen mit lebhaften Augen, die im Moment weit aufgerissen auf Sara Du gerichtet waren. Sie setzte sorgfältig ein Wort nach dem anderen, als ob sie kaum glauben könnte, was sie eben gehört hatte. »Sie fragen mich, ob vor Kurzem einer unserer Mitarbeiter einen Betriebsunfall hatte, weil einer Ihrer Versicherten erklärt hat, sein Hund habe einen unserer Mitarbeiter gebissen, als der bei ihm Ware anlieferte?«

»Genau. Und da von Ihrer Seite nichts gemeldet wurde, haben wir uns gefragt, was es denn damit auf sich hat. Wollen Sie nicht Anzeige erstatten und die Ihnen zustehenden Versicherungsleistungen in Anspruch nehmen? Hat Ihr Angestellter das Fahrzeug vielleicht außerhalb der Betriebszeiten benutzt? Natürlich wäre es in unserem Interesse, die Sache auf sich beruhen zu lassen, aber da wir ein seriöses Unternehmen sind und als solches bekannt und geschätzt, wollten wir Sie persönlich darüber informieren, dass wir uns als Versicherung Ihren möglichen Forderungen nicht entziehen. Außerdem müssen wir uns so gründlich informieren, wie es nur geht, und die Wahrhaftigkeit der Aussagen unserer Kunden peinlich genau überprüfen …«

»Ja, sicher, sicher. Danke, aber ich habe den Eindruck, dass in diesem Fall kein entsprechender Sachverhalt vorzuliegen scheint. Mir liegt keine Beschwerde irgendeines Mitarbeiters in dieser Richtung vor.«

»Und Sie haben auch nicht bemerkt, dass jemand hinkt? Oder ob jemand mit einem beschädigten Overall zur Arbeit gekommen ist?«

»Wissen Sie, hier arbeiten viele Leute. Die kommen nicht immer hier vorbei, schon gar nicht in der Verwaltung. Wenn ein Riss im Overall sein sollte … nun, dann haben sie ja immer einen zum Wechseln … und dann, nein, ich habe niemanden hinken sehen. Aber ich werde mich informieren. Ich spreche mit dem Geschäftsleiter und melde mich gegebenenfalls bei Ihnen.«

Sara Du hielt sich noch einige Minuten am Empfang der Firma Cavalli auf, hinterließ der Sekretärin eine falsche Visitenkarte mit ihrer Mobiltelefonnummer und ging auf die Glastür zum Hof zu.

In diesem Moment fiel ihr Blick auf den großen Spiegel, der neben dem Ausgang stand. Auf einem Regal hinter ihr, neben dem Empfangstisch, lag eine durchsichtige Plastiktüte, die offensichtlich mehrere firmeneigene Overalls enthielt.

Auf dem Päckchen lag ein Zettel mit dem Vermerk »Hip Cavalli Hop«.

* * *

Marta lag auf dem Boden, betrachtete versunken die Fischgräte an Leos Zimmerdecke und träumte mit offenen Augen von Piraten, Überfällen, gekaperten Schiffen, Galeonen, Schätzen auf dem Meeresgrund … Leo dagegen war in die Lektüre des Buches von Professor Gerardi vertieft. Das Titelblatt zeigte im Hintergrund eine Galeere, im Vordergrund ein Beiboot mit Piraten im Schein der untergehenden Sonne. Der Titel lautete *Piraten im Mittelmeer*.

Es klopfte und Leos Vater trat ein. »Da seid ihr ja. Lernt ihr auch schön für die Schule? Nein, ich sehe, es geht um Piraten. Wie kommt das denn? Und woher habt ihr dieses Buch …?«

»Hallo, Papa.« Leos Reaktion auf die Frage seines Vaters war sehr knapp. Wie immer.

Giovanni wartete einige Sekunden, in der Hoffnung, eine Antwort auf seine Frage zu erhalten. Vergeblich. Wie immer.

Giovanni seufzte: »Hör mal, Leo, morgen habe ich endlich mal einen freien Tag. Die Japaner sind abgereist und ich kann etwas ausspannen. Ich habe mit Tante Elena und Onkel Oscar gesprochen, und wir dachten, wir könnten alle zusammen einen Tag am Meer verbringen. Was haltet ihr davon?«

»Jaaa!«

»Aber es wird früh aufgestanden, okay?! Zur Hora Prima sind alle aus den Federn!«

»Schon gut …«, erwiderten sie einstimmig – allerdings mit der Zurückhaltung, die bei der Aussicht, an einem freien Tag um sechs Uhr früh aufstehen zu müssen, angemessen ist.

Es war die beste Jahreszeit für einen Ausflug ans Meer. Die Strände waren jetzt noch leer. Außerdem hatte es vor Kurzem einen Sturm gegeben, der mit Sicherheit jede Menge Treibholz in den wunderlichsten, vom Wasser seidenglatt geschliffenen Formen angeschwemmt hatte.

»Ja, ich gehe dann wieder. Tschüss, bis nachher.« Giovanni schloss die Tür und Leo und Marta kehrten zu ihren Beschäftigungen zurück.

»Marta, hör mal, was hier steht: ›Urso Badoer gelingt es, aus türkischer Gefangenschaft zu fliehen und auf einem Handelsschiff als Matrose anzuheuern. Er steuert Hafen um Hafen an, wird Schiffskapitän …‹ Stell dir mal vor, Marta, die Kapitäne dieser Schiffe wurden ›Raìs‹ genannt. ›Auf einer seiner Reisen wird sein Schiff überfallen … Die Angreifer sind Ritter des Distelordens …‹«

»Ein abenteuerliches Leben!«

»Und weiter: ›Er war für seine Angriffstechnik berühmt: Um Kanonenkugeln und Gewehrmunition zu sparen, griff er feindliche Schiffe mit brennenden Flaschen an, sogenannten … *Boze di Fogo* – Brandflaschen … Zur Legende wurde Einauge nach seinem Überfall auf die venezianische Galeere *Leverin*. Die Galeere hatte Häute und Stoffe geladen. Einauges Tartane ging in Stellung und ließ die Beiboote zum Kapern ins Wasser. Das angegriffene Schiff verteidigte sich mit Kanonen- und Musketenfeuer. Der Angriff wurde abgewehrt, viele Piraten starben. Am Ende des gescheiterten Überfalls wurde Einauge gesehen, wie er in ein Beiboot stieg, das von einem der zahlreichen Kaperversuche zurückkam, um seinen Gefährten zu helfen, sie auf die Beine zu stellen und unter Kanonenfeuer selbst aufs Schiff zu schleppen. Dann sah man ihn straucheln und fallen. Seine Männer schrien auf und bald darauf segelte das Schiff weg. Inzwischen war es Nacht geworden und die Umrisse des Piratenschiffes verschwanden im Dunst …‹«

23.Februar 1944

Der Arzt hat das Urteil gesprochen: Ich habe nicht mehr lange zu leben. Von nun an werde es immer schlimmer, sagte er. Wie viel Zeit habe ich noch? Er antwortete ausweichend: ein Jahr, vielleicht zwei, vielleicht auch drei ... Noch könne man es nicht sagen. Sicher sei, dass die Krankheit nicht heilbar wäre. Das war's dann wohl. Ich muss sagen, es hat mich gar nicht beeindruckt. Nur eines ging mir durch den Kopf: Ich muss hinaus, aufs Meer, so schnell wie möglich! Mit allen Mitteln. Das bisschen Leben, das mir bleibt, soll großartig sein!

Und wenn die Geschichte stimmen sollte, mit dem Fluch ... Wenn er die Ursache meines ganzen Unglücks ist? Wenn er es ist, der mich daran hindert, zurückzugehen? Scirocco hat mir nie etwas gesagt, aber ... diese ganzen Geschichten, die er mir erzählt hat ... Eigentlich hat er mir das Geheimnis ja erst kurz vor seinem Tod anvertraut, als er wusste, dass für ihn nichts mehr zu machen war ... Vielleicht hat er bis zuletzt gehofft ... dass er noch einmal ... wie ich ... dahin zurückkehren ... aber alles scheint mich davon abzuhalten: der Krieg, die Krankheit ...

Einauge! Hör mal zu! Wenn du es nicht geschafft hast – soll das heißen, dass es kein anderer schaffen kann? Auch ich nicht? Du liegst doch inzwischen im Kasten, du könntest dir doch endlich Frieden gönnen?! Und außerdem, was hat es mit mir zu tun, wenn du beschlossen hast, dein Leben zu ändern, und dazu erst einmal alle deine Kameraden über die Klinge springen mussten? Und was hat es mit mir zu tun, wenn einem von ihnen diese Art von Umkehr nicht gefallen hat? Ich kann mir ja vorstellen, dass du nicht sonderlich erfreut warst, als er dich dort ließ, damit du zu Staub zerfällst, und dass du dich rächen wolltest, na gut, das geht in Ordnung. Deine Rache hast du ja auch bekommen: Direkt ins Meer, den Fischen zum Fraß hast du ihn vorgeworfen. Aber uns alle deshalb als Nachtisch hinterher – ist das nicht ein bisschen übertrieben?

Oder ist vielleicht von hier aus kein Zurück mehr möglich?
»Pfand wird er bezahlen müssen, Pfand wird er bezahlen müssen ... «

Ballade in Schwarz

Als Flora nach Hause kam, ging sie in Leos Zimmer, um die beiden Kinder zu suchen. Als sie sie im Grätenzimmer nicht fand, ging sie in Ildes Küche, aus der ohrenbetäubender Lärm drang.

»Was haben die beiden wohl wieder ausgeheckt?!«

Sie öffnete die Tür und fand sich in einer ziemlich skurrilen Szene wieder: Marta stand auf dem Ofen, in der Hand ein Ungetüm von einem Messer, quer über die Stirn eine Augenbinde. Leo schlug mit einem Paar Kochlöffel auf zwei riesige Kochtöpfe ein. Ilde lachte und weinte, den Kopf über einen Berg Zwiebeln gebeugt, die sie zum Teil schon klein gehackt hatte.

»Oma!« Marta lief Flora entgegen. »Hör mal, hör mal! Die Ballade vom großen Seeräuber Einauge!«

WELLEN DURCHSCHNEIDET ER,
SCHRECKEN DER MEERE,
PIRAT DER TARTANE,
RAÌS UNTER KAPITÄNEN.
IM ZEICHEN DER DISTEL
ER EIN AUGE VERLOR.

VENEZIANER VON GESCHLECHT,
DAS MEER IN DEN ADERN.
DOCH KEIN VENEZIER,
DER VOR SEINER RACHE NICHT BEBT.

TOT WARD ER GEGLAUBT,
IN DEN KASTEN VERDAMMT,
DOCH SEIN LACHEN IST HOHN,
DENN EWIG WERDEN DONNERN

DIE KANONEN DER GALEERE,
AUF DER DES EINAUG'S FLAGGE WEHT,
ZU VERWEHREN JEDEN ZUGANG
ZU DEN SCHÄTZEN DES UNSTERBLICHEN
IN DER ALLGELIEBTEN BUCHT.

UND WENN DA DOCH EINER WÄRE,
DER DEN STOLZEN RUHM BEGEHRET
UND DAS ABENTEUER WAGET,
MUSS ER VON GROSSER KÜHNHEIT
UND UNERSCHROCKNEM MUTE SEIN,
UM DEN LOHN SICH ZU VERDIENEN,
DER IM SCHWARZEN LOCHE LIEGT.

UND DEM WÄRTER DIESER HÖHLE,
UNVERROTTBAR EW'GEM RITTER,
WIRD ER PFAND BEZAHLEN MÜSSEN,
WIRD ER PFAND BEZAHLEN MÜSSEN.

»Was ist denn hier los? Was ist das für eine Ballade?«

»Die Ballade vom großen Seeräuber Einauge! Wir waren doch heute bei Professor Gerardi und er hat uns sehr viel Interessantes erzählt …« Ohne auch nur einmal Atem zu holen, erzählten Leo und Marta die ganze Geschichte von Einauge, mit allen Details und Hinweisen aus den Bildern, genau so, wie der Professor es getan hatte.

»Und weißt du, was Gerardi außerdem in seinem Buch schreibt? ›Ein Pirat, der zur Legende wurde, weil er bei einem Überfall auf ein venezianisches Schiff schwer verletzt wurde. Lange hielt man ihn für tot. Doch dann tauchte er plötzlich wieder auf. Offenbar hatte er überlebt, denn in einer Zeitung erschien ein Bericht, in dem sich ein venezianischer Händler beklagte, er sei zum wiederholten Male von einem Piratenritter überfallen und ausgeraubt worden, der auf einem Auge eine Binde trug und von allen nur Einauge genannt wurde.‹ Und dann das Wichtigste: ›Doch niemand weiß, wie sein Leben endete. Irgendwann verliert sich seine Spur … er war wie vom Meeresboden verschluckt. Er und seine ganze Besatzung. Vielleicht ist ihr Schiff untergegangen oder die Gefährten haben sich alle gegenseitig umgebracht … Von ihrem Ende gibt es kein Zeichen, keine Spur, und das ist umso merkwürdiger, als der Distelorden über die Lebensdaten seiner Ritter genau Buch führte, und dieses Register wurde regelmäßig aktualisiert.‹«

»Was soll das bedeuten: ›wurde regelmäßig aktualisiert‹?«, fragte Ilde.

»Dass jedes Mal, wenn einer starb, Datum und Todesursache eingetragen wurden. Aber zu Einauges Tod gibt es keinen Eintrag. Nur sein Geburtsdatum: 19. Oktober 1651. So ist die weitverbreitete Legende entstanden, der unsterbliche Einäugige halte sich irgendwo versteckt und bewache seinen sagenhaften Schatz. Und diese Legende hat wiederum den Aberglauben begründet, es gebe einen Fluch, nach dem jeder dem Tod geweiht ist, der sich Einauges sagenhaftem Schatz nähert.«

Oma Flora hatte sich hingesetzt, fasziniert von den Erzählungen ihrer Enkel. So saß sie eine Weile da, ohne etwas zu sagen, während sie die Fotos von den Gemälden und von der eigenartigen Landkarte in den Händen drehte und wendete.

»Oma, was hältst du davon?«

Flora antwortete nicht. In der Tat hätte diese verworrene Geschichte ein Fall für Bettie Lynx sein können, sie jedoch tat sich schwer damit, überhaupt etwas davon zu halten. Sie spürte diesen Fall einfach nicht und hatte das Gefühl, ihn an keinem Ende packen zu können.

»Oma«, meldete sich da Leo, »ich glaube … mein Kopf bräuchte frische Luft. Also, ich muss mal raus hier. Marta, kommst du mit?«

»Klar!«

»Und die Hausaufgaben?«

»Alles gemacht, Oma!«

»Ach??«

»Großes Ehrenwort!«, sagten sie im Chor.

»Wo geht ihr hin?«

Leo machte eine unbestimmte Handbewegung. »Weiß nicht. Die übliche Runde.«

»Wir haben uns schon lange nicht mehr mit Gigi und Francesca getroffen …«

»Gut, aber kommt rechtzeitig zurück. Du auch, Marta, dass du mir nicht wieder so spät zu Hause bist!«

Flora war ganz durcheinander. »Ehrlich, Ilde, ich hätte nie gedacht, dass ich mit dem Fall Crispone solche Gewässer befahren würde: Seeräuber, Schiffe, Piratengemälde, Landkarten … Gestern rief Crispone an und wollte wissen, wie weit wir sind. Ich muss gestehen, ich wusste nicht, was ich ihm sagen sollte. Wie weit sind wir denn? Sind wir überhaupt auf der richtigen Spur? Ich habe mich auch nicht getraut, ihm zu sagen, dass die Fährte, die wir verfolgen, von Piraten und Galeonen gesäumt ist … Schau dir mal diese Karte an. Das ist doch absurd. So sieht doch keine Landschaft aus – Ein Witz ist das. Und was steht da? Sepa – und was soll das heißen – Sepa?«

»In der Region um Venedig, wo meine Großmutter herkommt, kriegt man auf dem Markt, wenn man ›sepa‹ verlangt, Sepia, also Tintenfisch.«

»Sepa, Sepia, Tintenfisch … Also, Einauge war Venezianer, hat Leo gesagt … und ein bisschen wie ein Tintenfisch sieht diese Halbinsel schon aus … Aber was sollen die merkwürdigen Ortsbezeichnungen? Mantelküste, Schnabelbucht …?«

Ilde war zu Flora getreten und sah sich mit ihr zusammen die Karte an, als sie plötzlich meinte: »Ja, klar! Schnabelbucht – Schnabel nennt man den Mund des Tintenfisches – und an den Armen befinden sich Saugnäpfe – hier steht doch auch Saugnapfbucht. Dann die zwei Augen – Auge des Westens und Auge des Ostens! Und hier: Knochensumpf, gemeint ist der Sepiaknochen.«

»Und die Tinte?«

»Ja, natürlich, die schwarze Tinte!«

»Ich habe nie verstanden, wo die Tinte beim Tintenfisch sitzt.«

»In einem inneren Beutel, zwischen den Augen. Und der Tintenfisch spritzt sie aus, wenn er sich verteidigen will. Das heißt hier, dieser schwarze Punkt, das könnte ein Brunnen sein.«

»Oder eine Höhle …«

Flora sah Ilde an, blickte wieder auf die Karte, sah erneut zu Ilde hoch und meinte nachdenklich: »Und wenn es diesen Ort wirklich gäbe?«

»Warum denn nicht?«

»Schon, aber Ilde, ein Tintenfisch? Das ist bestimmt irgendein dummer Scherz. Abgesehen davon dass Gerardi gesagt hat, solche Karten gebe es haufenweise, und man könne sich überhaupt nicht auf sie verlassen …«

Die Oma blieb ein paar Minuten schweigend sitzen und sagte dann plötzlich: »Mal ehrlich, Ilde, was hältst du von der ganzen Sache?«

»Nun, ich würde sagen, ein Hefekuchen, der im Ofen ist, braucht seine Zeit, und man darf nicht aufmachen, bevor er gut ist, sonst fällt die ganze Pracht in sich zusammen. Man muss den richtigen Zeitpunkt abwarten. Dann, und erst dann, wird der Kuchen herausgeholt. Und wenn man genug Geduld hatte, wird er genau richtig sein – luftig-leicht und schön goldbraun gebacken!« Mit diesen Worten zog Ilde etwas aus dem Ofen, das sogleich einen unwiderstehlichen Duft in der Küche verbreitete.

»Mmhhh, was ist denn das Herrliches?«

»Torta Paradiso nach altem italienischem Rezept. Gibt's morgen zum Frühstück.«

»Und was machst du jetzt?«

Ilde hatte das Nudelbrett auf die Arbeitsplatte gelegt und schüttete Mehl zu einem spitzen Hügel auf. »Bandnudeln. Heute Abend gibt's Tagliatelle mit Pilzen.«

»Viel Arbeit.«

»Zwanzig Minuten, mehr nicht.«

»Kann ich dir helfen?«

Flora war nicht gerade jemand, der sich oft in der Küche aufhielt. Aber heute spürte sie, dass sie etwas brauchte, das sie selbst nicht so richtig benennen konnte, von dem sie aber wusste, dass sie es bei Ilde finden würde: Ruhe, Ordnung und dann noch etwas anderes … und genau so war es dann auch.

* * *

TEST Nr. 5

Was bedeuten die Worte
WILDER BERGE SÜDEN BUCHT?

Trage die Antwort in die entsprechende Zeile auf Seite 135 ein.
Die Lösung findest du, wenn du weiterliest. Wenn deine Antwort richtig war, kannst du dir die entsprechende Punktzahl auf deinem Krimimeter eintragen.

20 PUNKTE

»Als ich nach Hause kam, Marta, da war die Oma in einem Zustand ... das kannst du dir nicht vorstellen! Wie eine Irre sah sie aus ... die Haare voller Mehl, die Augen total verkrustet ...« Leo hatte nach dem Abendessen seine Cousine angerufen, um sie über die letzten aufregenden Erkenntnisse zu ihrem Fall zu informieren.

»Wieso denn das?«

»Sie hat noch nicht einmal reagiert, als ich sie damit geneckt habe, wo sie doch sonst so viel Wert auf ihr gepflegtes Äußeres legt ... und da habe ich verstanden, dass wirklich etwas Heftiges passiert war ...«

»Und? Ich hatte so ein Gefühl, dass etwas Entscheidendes geschehen wird.«

»Die Oma hat mit Ilde Tagliatelle gemacht!«

»Mehr nicht?!«

»Doch, sie hat Bandnudeln gemacht und ...«

»Jetzt hör doch endlich auf und rück raus mit der Sprache! Was? Was ist passiert?« Marta hätte ihn am liebsten in Stücke gerissen, diesen Cousin, der sich einen Spaß daraus machte, sie zappeln zu lassen und sein Wissen nur häppchenweise preisgab.

»Also, Oma und Ilde ist bei der Bandnudelherstellung aufgegangen, dass die Sepa eine Sepia ist, also ein Tintenfisch.«

»Vetterchen, mach's nicht gar so spannend! Raus mit der Sprache und erzähl mir endlich alles von A bis Z!!«

»Mensch, das versuch ich doch gerade! Die Landkarte stellt einen Tintenfisch dar. Es muss irgendwo einen Ort geben, der aussieht wie ein Tintenfisch, und der Mensch, der die Karte gezeichnet hat, hat diese Ähnlichkeit benutzt und die Orte nach den Teilen eines Tintenfisches benannt: Schnabel, Saugnapf, Mantel ... erinnerst du dich noch an diese komische Angabe: ›Hier liegt das Schwarze‹? Gemeint ist die Tinte! Die ist nämlich schwarz! Dämmert dir was?«

»Nein, ehrlich gestanden, überhaupt nicht. Was soll das heißen: ›Hier liegt das Schwarze?‹ Dass die Tinte gemeint ist, meinetwegen, aber was soll das bedeuten? Buchten, Kaps, Klippen, okay, aber ›Hier ist das Schwarze‹ – Was soll das?«

»Pass auf, Marta, das ist noch nicht alles. Oma und Ilde haben beim Nudelmachen auch das Anagramm auf der Karte gelöst.«

»Was denn für ein Anagramm?«

»Sie haben begriffen, dass die Worte WILDER BERGE SÜDEN BUCHT nicht bedeuten, dass etwas in den wilden Bergen und südlich der Bucht oder so zu finden ist. Das ist ein Anagramm, und wenn man die Buchstaben umstellt, heißt es nichts anderes als SUCHT DEN WEG ÜBER BILDER! Die Oma hat wortwörtlich gesagt: ›Meine lieben Spürnasen, ihr hattet recht. Avena muss in diesen Bildern tatsächlich etwas verborgen haben.‹«

»Na, so was! Das ist ja stark! Fabelhafte Erkenntnisse! Aber die beiden … Wie sind die denn darauf gekommen?«

»Nun ja, Ilde hat so was gesagt wie ›die Zutaten zu einem Rezept müssen in der richtigen Reihenfolge und auf die richtige Weise dazugegeben werden‹. Und da hatte die Oma eine Erleuchtung. Zusammen mit Ilde hat sie die Buchstaben herumgeschoben und ist schließlich auf diesen Satz gekommen. Du weißt doch, dass Ilde zur Entspannung immer Kreuzworträtsel löst.«

»Respekt! Darauf wäre ich wirklich nicht gekommen. Und jetzt?«

»Was jetzt?«

»Was machen wir jetzt?«

»Ich weiß nicht, was du jetzt machst, ich jedenfalls gehe ins Bett. Vielleicht kommt uns ja morgen am Strand eine zündende Idee.«

»Okay.« Aber die Zustimmung klang doch ein bisschen enttäuscht.

»Bis morgen dann. Tschüss, gute Nacht.«

»Nacht.«

* * *

Der Tag am Meer brachte den beiden Kindern keine weiteren wertvollen Erkenntnisse. Dafür viel glatt geschliffenes Treibholz, vom Salzwasser aufgeweichte Füße, eine gigantische Sandburg mit dreifachem Zinnenkranz und einem ausgeklügelten Wasserversorgungs- und -abflusssystem.

Der Tag war ruhig und heiter. Giovanni und ausnahmsweise auch Martas Eltern waren bester Laune.

Die Kinder setzten durch, dass sie alle in ihr Lieblingslokal zum Mittagessen gingen, eine Art Trattoria mit Bar unter Bäumen direkt am Strand, die im Laufe der Jahre aus einer klitzekleinen Eisdiele entstanden war.

Sie spielten Tischfußball, bis ihnen fast die Hände abfielen, und hatten einen Mordsspaß mit Alfred und Floh, einem alten Schulfreund und dessen Hund.

Sie hatten weder die Zeit noch die Möglichkeit, sich ihrem Fall zu widmen. Erst am nächsten Tag dachten sie wieder daran, als sie alle zum traditionellen Sonntagsessen am Tisch der Oma zusammensaßen.

Flora war in Hochform, nachdem es ihr am Vorabend gelungen war, ihren Mann zu einer ziemlich bizarren Kabarettvorstellung ins Theater zu schleppen. Sie war überzeugt, dass sie ein Gespür für junge Talente hatte, aber nicht immer erwies sich das, was sie spürte, auch wirklich als Talent. So hatte denn Pietro den Abend am Ende mit dem Satz kommentiert: *»Beati monoculi in terra cecorum*, glücklich sind die Einäugigen im Lande der Blinden.«

Wie immer sonntags gab es bei Flora kalte Platte, zubereitet von Ilde, und schon bald fand sich die Oma mit ihren Enkeln einschließlich des kleinen Francesco alleine im Vasenzimmer wieder, während Mann, Sohn, Tochter und Schwiegersohn wie gewohnt plaudernd am Mittagstisch zurückblieben.

»Hört euch das einmal an.« Flora hob Francesco von ihren Knien hinunter auf den Boden und nahm ein Blatt Papier vom Schreibtisch. »Folgendes hat Rubino über diesen Avena herausgefunden. Wo war das … Hier, ich hab's: Beschreibung Libero Avena: geboren in Micca am 29. April 1902, Beruf: Matrose. Wurde wiederholt von der Polizei festgenommen. Eine Krankheit führte im Laufe der Jahre zu seiner Lähmung. Bei einem Brand im Hafen von Magliano tragisch ums Leben gekommen. War völlig fixiert auf Piratentum und versunkene Schätze, möglicherweise leicht geistesgestört. Polizeibekannt wegen einer Reihe geringfügiger Straftaten wie öffentliche Ruhestörung, Raufereien, versuchte Überfälle auf Handelsschiffe, vor allem aber Schmuggel, Hausfriedensbruch, ungenehmigte Transporte … und Ausgrabungen! Seht euch das an! Dann habe ich hier die Liste der ganzen Anzeigen, die gegen ihn erstattet wurden.«

»Oma, soll das ein Scherz sein?«

»Nein, Marta, hier steht es. Und das ist noch nicht alles! Da kommen noch eine ganze Reihe von Anzeigen wegen Hausfriedensbruchs, aber nicht wegen Diebstahls. Der hat da gebuddelt!«

»Gebuddelt?! Und dann?« Leo verstand nicht, wo der Zusammenhang mit den Bildern sein sollte.

»Und dann? Avena hat sein ganzes Leben lang nach Schätzen gegraben, bis er wahrscheinlich …«

»Wahrscheinlich ... Wahrscheinlich was?« Marta merkte, dass es jetzt wirklich spannend wurde, und konnte vor Aufregung kaum mehr still sitzen.

Die Oma blickte immer noch auf das Blatt, doch in Gedanken war sie schon weiter. »Er hat ihn gefunden! Kinder, ich bin mir sicher, dieser Mann hat einen Schatz gefunden. So wahr ich Bettie Lynx heiße!«

Leo, der weiterhin versuchte, die Überlegungen der Oma mit dem Problem des gestohlenen Bildes in Verbindung zu bringen, äußerte schließlich eine Vermutung: »Dann könnte also SUCHT DEN WEG ÜBER BILDER heißen, dass die Bilder tatsächlich einen Hinweis enthalten ...«

»Irgendetwas muss geschehen sein«, sagte Marta. »Etwas, das ihn dazu bewogen hat, den Schatz wieder zu verstecken.«

»Oder er musste ihn da liegen lassen, wo er war. Er hat ihn gefunden, aber er konnte ihn nicht bergen.«

Marta hörte der Oma mit gerunzelter Stirn zu und sagte dann: »Nun, er war ja auch krank!«

Die Oma nickte: »Ja, genau! Rubino sagte, er sei gelähmt gewesen! Natürlich, er konnte sich nicht mehr bewegen, er konnte diesen Schatz nicht holen, und als er begriff, dass er sterben musste, beschloss er, die Schatzsuche mit einem Rätsel zu erschweren! Wer ihn findet, sollte es wert sein! So muss es gewesen sein! Vielleicht war er ja selbst ein Rätselnarr, ein Liebhaber von Knobelaufgaben! Er hat sich dieses Anagramm auf der Landkarte ausgedacht ... und auch in den Bildern ... in den Bildern einen geheimen Kode benutzt. Sicher. Da muss etwas zu finden sein, ein Wort, ein Bilderrätsel vielleicht, eine verschlüsselte Botschaft ...«

Leo bekam rote Flecken vor Aufregung. »Oma, du hast recht! So passt auch alles zusammen!«

»Meiner Meinung nach enthalten sie genaue Hinweise, wie man den Ort findet, an dem der Schatz von Libero Avena, besser gesagt Einauges Schatz, versteckt ist.«

Leo spann den Faden schon weiter: »So nach dem Motto: ›sechs Schritte geradeaus, dann Drehung rechts bei fünfzehn Uhr‹?«

»Genau. So in der Art. Man müsste versuchen, die Botschaft in den Bildern zu entschlüsseln.«

Marta war jetzt in einem Zustand höchster Erregung. »Das heißt also, dass der Schatz sich an diesem Ort auf der Landkarte, auf diesem Tintenfisch, befindet. Und der Vermerk ›Hier ist das Schwarze‹ gibt den Ort an, an dem sich der Schatz befindet!«

»Und wie Ilde sagte, ist der Ort wahrscheinlich ein Brunnen, ein Erdloch, eine Höhle oder etwas Ähnliches.«

»Aber wo soll sich dieser Tintenfisch denn befinden? Ich glaube, es könnte eine Insel sein.«

»Vielleicht aber auch nicht, Leo, vielleicht nur ein bestimmter Küstenabschnitt. Diesen Ort zu finden, wenn es ihn denn überhaupt gibt, wird das Schwierigste an der ganzen Sache sein. Tausende und Abertausende Küstenkilometer kommen da infrage! Ein gigantisches Unternehmen.«

»Klasse! Einauges Schatz! Und wir haben ihn gefunden! Ich kann's nicht glauben … Leo, hast du's kapiert? Wir haben ihn entdeckt!« Marta hörte gar nicht mehr richtig zu und ließ ihrer Fantasie freien Lauf.

»Wir? Wir und noch jemand vor uns, aber wer? Wer könnte denn diese ganze Geschichte kennen?«

Leo hatte schon ein Weilchen darüber nachgedacht, und als die Oma jetzt diese Frage stellte, schoss es aus ihm heraus: »Gerardi! Weshalb nicht Gerardi? Er weiß alles über Einauge, und sein Bild ist das einzige, das nicht gestohlen wurde.«

Die Oma wandte ein: »Nun ja, er ist der Einzige, der alle vier Bilder haben könnte, aber habt ihr mir nicht erzählt, er habe eure Fotos eingescannt? Das würde doch heißen, dass er die anderen noch nie gesehen hatte …«

»Er könnte aber auch nur so getan haben, als habe er sie noch nie gesehen. Dann hätte er die Fotos nur gescannt, um genau das vorzugeben … Verflixt noch mal … Ich fürchte, wir haben ihm zu viel erzählt … Der wird genau verstanden haben, dass wir ermitteln …« Leo war plötzlich ganz unruhig.

»Ach komm, Leo, der wird uns nicht wirklich ernst genommen haben! Wir wissen ja, dass niemand je glauben würde, dass zwei Kinder wie wir Detektive sind! Das ist der Vorteil der Young Investigators. Wir können allerhöchstens ein bisschen herumforschen. Aber du hast recht, er war doch eigentlich wegen der Bilder bei dem Auktionshaus, danach hat er aber nichts mehr unternommen … Weshalb nur?«

Leo, zunehmend entmutigt, meinte: »Und was ist mit der Karte? Ich habe das Gefühl, dass er hier auch geblufft hat. Der weiß genau Bescheid und hat uns mit seinen Geschichten eingelullt.«

»Verzeiht, meine Lieben, aber jetzt geht mir das alles doch ein wenig zu schnell. Glaubt ihr denn, dass jeder so gut schauspielern kann? Das wäre erst noch zu beweisen. Und wenn er es nicht gewesen ist? Wenn der Dieb uns, während wir hier wilde Vermutungen anstellen, gerade durch die Lappen geht? Wir müssen aufpassen und dürfen andere Spuren nicht außer Acht lassen. Was wissen wir denn überhaupt? Vielleicht hat Gerardi nichts damit zu tun, und wenn er doch darin verwickelt ist, dann muss er ein verflixt guter Schauspieler sein.«

Die Oma blieb einen Moment lang in Gedanken versunken sitzen und schloss dann: »Und so einen würde ich ganz gerne mal festnageln, um zu sehen, ob er seine Rolle auch durchzieht. Zum Beispiel mit so etwas wie dem Schlusssatz aus Folge 23: ›Wenn man weiß, dass einer ein Verbrecher ist, kann man ihn nicht ungestraft gehen lassen. Um dich zu überführen, brauche ich weder Kalziumsulfat noch Belladonna oder breites Klebeband, dazu brauche ich nur meinen Kopf.‹«

10. Januar 1944

Seit Oktober warte ich auf eine Gelegenheit, auf die Sepa zurückzukehren. Aber es wird immer schwieriger. Die Deutschen haben am Strand drei Meter hohe Mauern gebaut. Der Hafen ist besetzt. Hinausfahren kommt nicht infrage. Und da ist noch etwas, neben den Bomben, den Vergeltungsmaßnahmen, dem Hunger … Seit einiger Zeit habe ich merkwürdige Schmerzen in den Beinen. Es fällt mir schwer, sie zu bewegen. Vielleicht ist es die Feuchtigkeit oder die Kälte … oder ich trinke zu viel. Ich werde langsam alt. Verflixt und zugenäht – will mich etwa jemand schon abpfeifen?! Die Zeichen stehen auf Sturm. Ein Leben auf hoher See – das geht an die Nieren. Wenn ich tot bin, hätte ich gerne, dass mir jemand sagt, wie meine Knochen aussehen: Ich wette, sie riechen nach Bilgenwasser. Bei meinem Vater war das so. Er verbrachte sein Leben auf See, und als er starb … Aber anders als er habe ich als freier Mann gelebt. Nicht ein Leben lang im Dienste anderer. Mit meinem eigenen Kahn, ein bisschen Seeräuber, ein bisschen Taugenichts, ein bisschen Fischer, Schatzsucher, Dorftrottel … Aber der Trottel hat das Eldorado entdeckt!

Schnüffler raushalten

»Montag ist der Wochentag, den ich am allermeisten hasse.« Wie immer hatten sich Leo und Marta nach der Schule getroffen. Leo war schlecht gelaunt, der Tag war grau und regnerisch und am Morgen war er nur schwer aus den Federn gekommen. Es war ihm schwergefallen, einzuschlafen am Abend zuvor: Die Frage ging ihm nicht aus dem Kopf, was Avena in den Bildern wohl versteckt haben könnte. Er hatte sich lange hin und her gewälzt, immer wieder Licht gemacht und die Fotos zur Hand genommen. Er hatte sie senkrecht untereinander angeordnet, dann waagrecht nebeneinander, dann je zwei nebeneinander, dann im Quadrat, dann im Dreieck ... Er hatte die Reihenfolge variiert: 1 2 3 4, 2 4 3 1, 4 3 2 1 ... war aber zu keinem Schluss gekommen. Das Letzte, woran er sich vor dem Einschlafen erinnerte, war, dass er ganz lange das Bild mit dem Ritter und seinem Schwert betrachtet hatte, das so bedrohlich nach vorne zeigte.

»Ich pack's einfach nicht! Ich verstehe nicht, was für Hinweise das sein sollen. An diesen Bildern ist ganz vieles merkwürdig, das kann nicht alles Zufall sein. Aber ich begreife nicht, was es zu bedeuten hat.«

»Was meinst du, Leo, weshalb hat Avena etwas so Sonderbares gemacht?«

»Vielleicht war er hin und her gerissen. Wollte sein Geheimnis niemandem anvertrauen ... aber auch nicht, dass es mit seinem Tod ganz verloren geht.«

»Oder aber, ein Sonderling wie der ... Vielleicht wollte er jemanden auf die Probe stellen, seinen Sohn womöglich. Oder uns!«

»Mit Sicherheit. Jetzt drehst du aber ein bisschen ab«, erwiderte Leo ungehalten.

»Ach, Vetterchen! Sei doch nicht so bierernst! Ist es das Wetter? Komm, du wirst die Lösung schon noch finden!«

»Ja, wenn nicht Gerardi sie vor uns findet. Oder sonst jemand.«

Marta hatte die Erlaubnis, bei den Großeltern zu Mittag zu essen. Es war schon fast halb eins, aus den Fenstern der Häuser drangen verführerische Gerüche und Marta spürte ein kleines angenehmes Ziehen im Magen. Leos Haus befand sich in einer ruhigen Straße in der Innenstadt. Als sie in die Gasse einbogen, wurden sie plötzlich von einer schwarz maskierten Gestalt gepackt und in einen Hauseingang gedrängt. Zwei Arme packten die beiden hart unter dem Kinn und hielten sie fest im Griff, sodass sie die Person nicht sahen, aber sehr wohl ihre dunkle, drohende Stimme hörten, die nur wenige Worte sagte: »Schnüffler kann ich gar nicht leiden.«

Dann ging alles ganz schnell: Die Gestalt zog einen Briefumschlag heraus, schob ihn in Leos Jackentasche, stieß die beiden so kräftig weg, dass sie gegen die gegenüberliegende Mauer krachten, und verschwand.

* * *

Flora war den ganzen Morgen mit verschiedenen Arbeiten im Hotel beschäftigt gewesen. Vor allem mussten am Montag alle Vasen geleert, gespült und wieder aufgestellt werden. Seit Kurzem erst saß sie an ihrem Schreibtisch und versuchte, ihre Gedanken im Fall Crispone zu ordnen, als Leo und Marta hereinkamen. Sie waren blass und sahen immer noch ganz verstört aus.

»Hallo, Kinder … was ist denn mit euch los? Ist etwas passiert?«

»Oma, wir sind überfallen worden! Ein Mann hat uns am Hals gepackt und uns in einen Hauseingang gezogen und …« Marta brach in Tränen aus.

Leo zeigte der Oma den Umschlag, den der Mann ihm in die Tasche gesteckt hatte. Die Kinder hatten ihn schon geöffnet: Er enthielt ein Blatt Papier, auf dem ihr Angreifer mit aus der Zeitung ausgeschnittenen Buchstaben etwas aufgeklebt hatte. Flora las und erblasste. Auf dem Blatt stand:

LEBENSGEFAHR

HALTET EUCH RAUS

»Erzählt mir bitte alles, in allen Einzelheiten, versucht, euch an jedes Detail zu erinnern: Farbe der Jacke, Schuhe … alles zählt!«

Leo und Marta bemühten sich, aber ihre Erinnerungen waren nur vage. Sie waren noch wie benebelt. Sie hatten wirklich den Schreck ihres Lebens bekommen.

Flora verstand, dass sie Zeit brauchten, um sich davon zu erholen. Sie musste ein Mittel finden, sie zu beruhigen. Sie mussten wieder zu sich kommen …

LebensgefahR

haltet EUCH raus

In der kleinen Küche ihrer Wohnung stand eine Pfanne mit frischen Gnocchi an Tomatensauce, dampfend und verlockend duftend … aber die Kinder wollten nichts essen. Also brachte sie sie zu Ilde hinunter.

Um diese Zeit hatte Ilde noch viel zu tun und keine Zeit, zu fragen, was denn passiert sei. Flora, Leo und Marta ließen sich in einer Ecke nieder, vor einem großen Teller mit belegten Broten und drei großen Gläsern Wasser mit Zitrone. Flora betrachtete besorgt ihre beiden Enkel, die mit trübem Blick vor ihr saßen. Die beiden fühlten sich stumpf und leer. Sie konnten nicht einmal mehr reden.

Ilde räumte mittlerweile auf, das Mittagessen war vorbei, und es war einiges zu tun, bevor sie die Küche zumachen konnte. Nach und nach, ohne es zu merken, fanden die Kinder durch diese Geschäftigkeit, das Klappern der Teller, Töpfe und Pfannen und durch Ildes leises Summen zurück, sie beruhigten sich. Schließlich war Marta die Erste, die sich von den appetitlichen Brötchen verführen ließ. Kurz darauf machten sie sich beide über die Gnocchi her.

»Kinder, ich halt's nicht mehr aus! Erzählt! Flora, sagen Sie mir: Was ist denn nur passiert?« Ilde war fast fertig und hatte sich zu ihnen an den Tisch gesetzt.

Die Stirn in sorgenvolle Falten gelegt, erzählte Flora kurz, was geschehen war.

Ilde war beeindruckt: »Da müsst ihr aber wirklich ein heißes Eisen im Feuer haben! Wer kann das denn gewesen sein?«

Die Oma musste mehr erfahren, um eine erste Vermutung zu wagen, und so stellte sie die gleiche Frage noch einmal: »Könnt ihr denn jetzt möglichst detailliert erzählen, was ihr gesehen und gehört habt?«

Aber die beiden konnten sich immer noch nicht richtig erinnern. Nur wenige Einzelheiten hatten sich ihnen eingeprägt. »Ich weiß noch, dass er groß war, etwa so groß wie Papa … und dann … ja, er roch sehr stark nach Parfüm. Aber darunter roch er nach etwas anderem, als ob er mit dem Parfüm etwas überdecken wollte. Vielleicht stank er nach Rauch«, meinte Marta.

Stück für Stück gelang es ihnen, den Verlauf des Überfalls zu rekonstruieren. In einigen Details waren sie sich nicht einig. Leo sagte, die Jacke sei braun gewesen, Marta war überzeugt, dass sie blau war. An die Schuhe erinnerten sie sich beide nicht, aber sie waren sich sicher, dass sie den Angreifer nicht hatten weggehen hören. Er musste also Schuhe mit Gummisohlen getragen haben.

Es tauchten weitere Einzelheiten auf, bis Flora die Enkel stoppte und ganz ernst fragte: »Denkt ihr, es könnte Gerardi gewesen sein?«

Leo und Marta dachten einen Augenblick lang nach: »Nun ja, vielleicht.«

»Vielleicht war er aber auch zu groß dafür … ich weiß nicht.«

Es folgte eine lange Pause, bis Flora das Blatt Papier auf den Tisch legte und mit ihrer typischen Miene für unwiderrufliche Entscheidungen sagte: »Leo und Marta, ab heute ist es für euch ab-so-lut ver-bo-ten, irgendetwas zu unternehmen, was den Fall Crispone betrifft, das Haus ohne Begleitung zu verlassen, das heißt auch, unbegleitet zur Schule zu gehen. Ab morgen bringe ich euch hin. Auch dich, Marta. Wir holen dich mit dem Auto ab.«

»Ach, Oma!«, protestierte Marta, aber nur ganz verhalten und leise, mehr aus Gewohnheit, und schniefte noch einmal ein bisschen.

»Marta, solange wir den Fall nicht gelöst haben, ist es besser, vorsichtig zu sein, meinst du nicht auch? Außerdem könnt ihr zu Hause eine Menge tun. Ihr habt doch immer gesagt, bevor wir die verschlüsselte Botschaft in den Bildern nicht verstanden hätten, kämen wir nicht weiter. Was heißt der Satz SUCHT DEN WEG ÜBER BILDER? Wollt ihr euch noch damit beschäftigen?«

»Und wenn es eine Botschaft ist, die man nur entschlüsseln kann, wenn man alle vier Bilder hat und sie in der richtigen Reihenfolge zusammenlegt?«, antwortete Marta sofort, als ob die Panik sich schon lange gelegt hätte.

»Das kann gut sein. Und das würde den Verdacht ganz eindeutig auf Gerardi lenken.«

* * *

Leo und Marta hatten einen schweigsamen Nachmittag verbracht. Zerstreut hatten sie ihre Hausaufgaben gemacht, ohne ein Wort zu reden. Als sie damit fertig waren, starrte Marta wieder die Fischgräte an der Zimmerdecke an, Leo setzte sich Kopfhörer auf und übte auf seiner E-Gitarre. Sie waren beide erschüttert. Der Gedanke an den geheimnisvollen Angreifer ließ sie nicht los. Dass sie so unerwartet in der Nähe der Person gewesen waren, die ihnen alle Fragen hätte beantworten können, holte sie auf brutale Weise aus ihren

Träumereien, in die sie völlig abgetaucht gewesen waren, zurück in die Wirklichkeit, die manchmal grausam und gefährlich war. Der Überfall hatte sie aus dem Gleichgewicht gebracht wie eine Ohrfeige den Schlafwandler, der auf dem Dachsims eines Hauses entlangbalanciert.

Oma Flora war es genauso ergangen.

Sie hatte sofort Rubino angerufen und die beiden hatten sich bei Roy verabredet.

Sie saßen an einem etwas abseits stehenden Tisch, hatten einen Rhabarberlikör mit Selters beziehungsweise einen Calvados bestellt und besprachen den Stand der Dinge.

»Rubino, du musst mir helfen. Ich will, dass diese Geschichte ein Ende hat. Das geht mir alles zu weit. Was würdest du tun?« Die Oma war zu verstört und betroffen, um die Dinge noch mit dem nötigen Abstand betrachten zu können.

Rubino versuchte in erster Linie, sie zu einer nüchternen Prüfung der Tatsachen zu bringen: »Lass uns einmal zusammenfassen: Ihr sagt, dass diese Bilder eine geheime Botschaft enthalten. Wie diese Botschaft verschlüsselt ist, wisst ihr aber nicht. Das heißt, es ist unklar, ob zum Entdecken des Geheimnisses alle vier Gemälde im Original erforderlich sind oder ob Abbildungen davon ausreichen. Deshalb müssen wir vorläufig alle Möglichkeiten in Betracht ziehen. Wer käme denn alles infrage? Wer könnte die Kinder überfallen haben?« Rubino zog ein Notizbuch aus der Tasche und las die Namen vor, die er notiert hatte: »Gerardi, Gianna Traversi, das Ehepaar Villa … wer noch?«

»Nun, da ist noch die Spur zur Firma Cavalli.«

»Gut. Also, ich würde bei Gerardi beginnen. Morgen gehen wir da hin und sehen, was wir aus ihm herausbekommen.«

* * *

Am nächsten Vormittag trafen sich Sara Du und Rubino im Hof des Universitätsgebäudes, am Eingang zu der Fakultät, an der Gerardi lehrte.

Oma Flora versuchte, ausnahmsweise wie eine Oma auszusehen, was in Wirklichkeit eine ihrer am wenigsten überzeugenden Rollen war. Ihr Gesichtsausdruck, ihre Bewegungen, ihr ganzes Auftreten standen in eindeutigem Widerspruch zu der mausgrauen Verkleidung, die sie als Großmütterchen trug. Flora war nach dem Überfall auf ihre Enkel viel zu besorgt, als dass sie sich auf eine Rolle wirklich hätte konzentrieren können. Aber sie war Schauspielerin genug, um zu erkennen, wann sie einen schlechten Tag hatte. Und so hielt sie sich etwas im Hintergrund und ließ Rubino die Hauptrolle spielen.

Als sie Gerardis Büro gefunden hatten, riss Rubino die Tür des Büros auf und bedeutete zwei Studenten, die dem Professor gegenübersaßen, mit einer Handbewegung, dass sie zu gehen hatten.

Gerardi reagierte empört: »Wer sind Sie? Was tun Sie hier? Sie haben kein Recht …«

»Haben wir wohl. Die Enkel dieser Dame wurden bedroht, und Sie werden uns sagen, weshalb.«

Gerardi zeigte sich erst erstaunt, dann ungehalten: »Ich fürchte, Sie haben zu viele Filme gesehen, oder aber Sie sind nicht ganz bei Sinnen! Verlassen Sie diesen Raum!« Mit diesen Worten versuchte er, sie aus seinem Büro zu drängen.

Rubino zog seinen alten Polizeiausweis aus der Tasche. Er zeigte ihn in Notfällen hin und wieder, das heißt, wenn er seine Gesprächspartner ein wenig einschüchtern wollte. Es funktionierte auch dieses Mal. Gerardi beruhigte sich und bat Rubino und Sara Du, sich zu setzen. Rubino erklärte den Grund ihres Eindringens: Es sei etwas Gravierendes geschehen, zwei Schüler seien überfallen worden, aber nicht zwei x-beliebige Jugendliche, sondern die beiden, die ihn besucht und nach den Bildern gefragt hätten.

»Wo waren Sie gestern Mittag zwischen halb eins und eins?«

»Da halte ich meine Vorlesung.«

»Das stimmt nicht.«

Gerardi und die Oma hatten im Sekretariat nachgefragt und wussten, dass Gerardis Vorlesung erst um zwei Uhr begann.

»Aber ich bin immer schon mindestens eine Stunde vorher da, um alles vorzubereiten!« Gerardi war zwar verärgert, ließ sich aber nicht besonders aus der Ruhe bringen. Er beantwortete kühl alle Fragen, war aber nicht immer überzeugend.

»Also, ich habe mit diesem Überfall nichts zu tun! Denken Sie doch ein wenig nach, ich hätte den Kindern doch eher geholfen …«

»Ja ... das sagen Sie jetzt! Weshalb haben Sie es dann nicht getan?«

»Hören Sie, Sie haben keinen Grund, hier einzudringen, meine Studenten zu verschrecken und mich einer so schwerwiegenden Tat zu beschuldigen! Dem habe ich nichts mehr hinzuzufügen.«

Damit war das Treffen mit dem Professor beendet.

* * *

»Diesmal haben Sie Glück, verehrte Dame«, sagte die Pförtnerin. »Frau Traversi ist vor zwei Stunden zurückgekommen. Die Ärmste, ihr Gesicht ist ganz verbrannt. Ich glaube, diesmal hat sie's wirklich übertrieben mit dem Sonnenbaden ...«

Sara Du und ihr Freund Rubino hatten die Wohnung von Gianna Traversi erreicht, entschlossen, ein für alle Mal zu klären, ob die Bekannte von Aldo Crispone etwas mit dem Bilderdiebstahl zu tun hatte.

Hatte sie wirklich in Ägypten Urlaub gemacht? Oder war sie etwa auf Schatzsuche gewesen?

Weshalb hatte sie Crispone zu dieser Auktion mitgenommen und ihn überredet, dieses Bild zu kaufen?

»In welchem Stock wohnt sie?«

»Aber ... sie sagte, sie wolle sich ausruhen. Ich weiß nicht, ob ...«

»Wir müssen umgehend mit ihr sprechen.« Rubinos Ton duldete keinen Widerspruch.

Sie stiegen in den dritten Stock hinauf und klingelten. Keine Antwort. Sie klingelten ein zweites Mal, diesmal lange. Hinter der Tür schaute jemand durch den Spion.

»Was wollen Sie? Ich habe der Pförtnerin gesagt, dass ich kein Interesse an Lexika, Flugblättern und solchem Zeug habe. Wenn Sie vom Modellbauverein kommen, dann lassen Sie sich gesagt sein, dass ich das Abonnement schon zweimal per Fax gekündigt habe und dass ich keine weitere Zeit damit verlieren will ...«

»Nein, es geht nicht um Modellbau. Es geht um Ihren Freund Aldo Crispone, Frau Traversi. Machen Sie uns bitte auf. Wir müssen Ihnen ein paar Fragen stellen.«

»Aldo? Ist ihm etwas zugestoßen?«

»Nichts Schlimmes, aber wir müssten mit Ihnen reden.«

»Einen Augenblick.« Gianna Traversi seufzte, öffnete aber nach einigen Minuten die Tür.

Vor ihnen stand eine zierliche Frau in einem exotisch aussehenden, grellbunt geblümten Morgenrock, das Gesicht von einer dicken Maske aus grünlich schwarzer Erde bedeckt. Sie musterte Flora und Rubino lange schweigend und bat sie dann herein.

Sie betraten ein kleines Wohnzimmer.

Auf dem Tisch standen eine Schüssel mit Salatgurkenscheiben und eine Unmenge Medikamente. Frau Traversi entschuldigte sich für ihr Aussehen. Sie versuche gerade mit einer Lehm-Ringelblumenöl-Maske die Folgen eines schlimmen Sonnenbrandes zu lindern.

Gianna Traversi war keine besonders sympathische Frau. Aber mit Sicherheit hatte sie mit der Angelegenheit, in der Sara Du und ihre Enkel ermittelten, nichts zu tun. Davon waren Rubino und die Oma nach kurzer Zeit überzeugt.

Sie war eben von einer Reise zurückgekommen, auf der ihr alles Mögliche zugestoßen war, angefangen bei dem am Flughafen verlorenen Koffer bis hin zu einer Durchfallattacke am Tag der Rückreise. Außerdem litt sie unter Schwindelanfällen und vor allem war sie von allen möglichen Wahnvorstellungen besessen.

Den größten Teil der Zeit verbrachten Rubino und Flora damit, sich die abwegigsten Geschichten über rätselhafte Wesen, nächtliche Botschaften, verschwundene und an den unglaublichsten Orten wieder aufgetauchte Gegenstände anzuhören.

Am Tag des Überfalles auf die Kinder war sie mit Sicherheit nicht in der Stadt gewesen. Und mit Piraten- und Rittergeschichten hatte sie ganz entschieden nichts am Hut.

Sie kannte Crispone, seit sie beide Kinder waren, und sie nahm sich in regelmäßigen Abständen vor, ihn aus der Einsamkeit herauszuholen, in die er sich ihrer Meinung nach zurückzog. Sie hatte verschiedene Mittel ausprobiert, Kino, Theater und eben auch einmal eine Auktion. Das war aber auch für sie eine einmalige Unternehmung gewesen. Die Augenbinde hatte sie gekauft, weil sie glaubte, sie könnte sich dadurch den Beistand einer mutigen, kampfbereiten Gestalt sichern, die die Geister abwehrte, von denen sie in ihren Träumen heimgesucht wurde.

»Sie war es nicht. Verrückt ist sie ganz offensichtlich, aber ebenso offensichtlich steht fest, dass sie von diesem Bild oder von diesen vier Bildern keinen blassen Schimmer hat.«

»Bleibt von der Liste Frau Villa, besser gesagt das Ehepaar Villa. Und dann noch die Spur mit dem braunen Blaumann, die möglicherweise zur Firma Cavalli führt, aber da rufe ich besser an … Die Villas dagegen, sollen wir da hingehen, Rubino?«

»Ich weiß nicht, Flora, aber nach dem, was du mir erzählt hast, ist kaum anzunehmen, dass die zwei netten alten Leute – wo sie doch sogar Gehprobleme hat und den Tag damit verbringt, ihre Staubfänger zu fotografieren und Staub zu wischen –, dass diese zwei auf ein Gerüst geklettert und in eine Wohnung eingedrungen sein sollen …«

»Sie hätten jemanden beauftragen können … Während sie selber gemütlich zu Hause sitzen und sich was weiß ich für raffinierte Tricks ausdenken, mit denen die Bilder zu lesen und zu entschlüsseln sein könnten …«

»Du weißt doch genau, dass nur Gerardi alle vier haben kann. Sie könnten sich höchstens etwas zum großen Seeräuber Einauge, zu seinen Legenden oder so ausdenken. Aber du hast sie doch kennengelernt – kannst du dir vorstellen, dass sie in diese Richtung weitersuchen, dass sie sich mit der Geschichte der Piraten im Mittelmeer befassen würden …?«

»Nein, du hast schon recht, ich glaube nicht. Außerdem sind sie wirklich alle beide winzig klein. Keiner von ihnen kann die Kinder überfallen haben.«

»Dann lassen wir das. Ich gehe zur Universität zurück und beobachte den Professor. Wir hören später voneinander.«

Flora hörte schon nicht mehr zu und dachte bei sich: »Cavalli, die Firma Cavalli, alles brandneu und blitzblank … braune Arbeitskleidung. Und die haben sehr wohl auf Baugerüsten zu tun …«

* * *

Zu Hause suchte Flora Leo.

Diesmal war er leicht zu finden.

Er war in seinem Zimmer, hatte die Kopfhörer abgenommen und spielte E-Gitarre bei voller Lautstärke.

»Leo!«

»Oma, es muss raus – wirklich, ich muss mich abreagieren!«

»Hör mal, Rubino und ich waren bei Gerardi ...« Flora erzählte ihm von der Begegnung mit dem Professor und schloss mit dem Satz, mit dem der Historiker das Gespräch beendet hatte und der doch sehr nach Ausrede klang: »Stell dir vor, er sagte sogar, er würde euch doch eher helfen ...« Schon im Gehen mahnte die Oma noch: »Und vergiss nicht, wenn du übst, bitte immer mit Kopfhörern!«

Die Angst, die der Überfall ausgelöst hatte, war inzwischen fast verschwunden. Bei Leo überwog wieder der Wunsch, Klarheit zu schaffen, der ganzen Sache irgendwie auf den Grund zu gehen. Und am Ende ertappte er sich sogar bei dem Gedanken: »Helfen ... nun ja, wer weiß, vielleicht könnte er uns ja wirklich helfen ... warum auch nicht? Wenn er nun gar nichts damit zu tun hat ... Ich könnte wenigstens anrufen ... Was kann mir am Telefon schon passieren ... oder etwa nicht?«

Gedacht, getan. Bevor er es sich anders überlegen konnte, suchte er die Telefonnummer des Professors heraus und griff zum Hörer.

»Professor Gerardi? Hier ist Leo, Sie erinnern sich vielleicht, der Schüler, der wegen der Bilder ... Ja, ich weiß, dass meine Großmutter ... Sagen Sie, würden Sie uns wirklich helfen?«

Einmal mehr war Giuseppe Gerardi von dieser merkwürdigen Familie überrascht. Erst beschuldigte man ihn eines Überfalls, dann baten sie um Hilfe. Er war sehr verärgert, beschloss aber, Leo entgegenzukommen.

Und so verriet er dem Jungen schließlich Folgendes: »Die Bilder müssen so angeordnet werden, dass sie ein Quadrat bilden: zwei oben, zwei unten. Erinnerst du dich an die rotgoldenen Eckornamente? Wenn man die Bilder im Quadrat hinlegt, bilden die vier Ecken in der Mitte das achtspitzige Kreuz der Ritter vom Distelorden. Ich habe herausgefunden, dass man zwei Worte erhält, die einen Sinn ergeben, wenn man die Bilder in einer ganz bestimmten Reihenfolge anordnet ...«

* * *

A
T
19
43
L
V

TEST Nr. 6

1. Welche Worte hat Professor Gerardi entziffert?

Trage die Antwort in die entsprechende Zeile auf Seite 135 ein.
Die Lösung findest du, wenn du weiterliest. Wenn deine Antwort richtig war, kannst du dir die entsprechende Punktzahl auf deinem Krimimeter eintragen.

5 PUNKTE

2. Auf welches andere Dokument weist diese Inschrift hin?

Trage die Antwort in die entsprechende Zeile auf Seite 135 ein.
Die Lösung findest du, wenn du weiterliest. Wenn deine Antwort richtig war, kannst du dir die entsprechende Punktzahl auf deinem Krimimeter eintragen.

5 PUNKTE

* * *

»Nur wenn man oben rechts neben das Bild mit dem Ritter das mit der Spielkarte hinlegt«, erklärte Herr Gerardi, »darunter das Segelschiff und links davon die schwarze Piratenflagge – nur dann kann man in dem so gebildeten achtspitzigen Kreuz in der Mitte die Worte Cala Raìs lesen.«

»Ach«, unterbrach ihn Leo, »deshalb ist die Reihenfolge der Buchstaben in einem der Bilder anders. Aber was ist denn Cala Raìs – eine Ortsangabe?«

»Cala bedeutet Bucht. Die Cala Raìs ist eine der vielen Buchten auf der Landkarte der ›Sepa‹, die du ja kennst. Ich habe nachgeforscht und bin aber zu dem Ergebnis gekommen, dass es nirgendwo auf der Welt einen Ort mit diesem Namen gibt. Es scheint eine reine Fantasiebezeichnung zu sein. Wie übrigens alle Namen auf dieser Karte, die offenbar mehr mit einem Tintenfisch als mit einem tatsächlichen Ort zu tun haben: der Knochensumpf, die Schnabelbucht …«

»Ja, das haben wir auch herausgefunden. Ich denke, die Namen wurden benutzt, um den echten Ort geheim zu halten …«

»Gewiss, vorausgesetzt, es gibt ihn überhaupt.«

»Danke, vielen Dank, Herr Professor.« Leo konnte seine Aufregung kaum mehr im Zaum halten.

Gerardi brummte etwas und legte auf.

»Cala Raìs …« Leo grübelte weiter vor sich hin. »Jetzt wissen wir also, dass wir von der Cala Raìs aus starten müssen, um den Schatz zu finden. Wir müssen unbedingt herausfinden, wo diese Sepa liegt. Wo könnte das denn sein?«

Leo war jetzt in einem Zustand, in dem er sich ganz nahe an einer Lösung und an seinem Ziel fühlte. Als ob er das fehlende Mosaiksteinchen gefunden hätte, das man jetzt nur noch an die richtige Stelle setzen musste.

Er fing an, Pfeile auf die Dartscheibe zu werfen, um den Adrenalinschub, den ihm das Gespräch mit Professor Gerardi gegeben hatte, abzureagieren.

Nach zehn Minuten hatte er sich beruhigt und setzte sich an seinen Schreibtisch, vor sich die Abbildungen der vier Gemälde, die Tintenfischlandkarte »La Sepa« und die anderen Dokumente, die sie zum Fall Crispone zusammengetragen hatten. Er konzentrierte sich lange auf die ganzen Unterlagen und suchte in seinem Gedächtnis nach Einzelheiten, die er vielleicht nicht bedacht hatte, sei es im Zusammenhang mit den Bildern oder im Zusammenhang mit dem Mann, der sie bedroht hatte.

Er ließ seine Gedanken schweifen, während er einen Pudding vertilgte, den er sich aus der Küche geholt hatte.

Da klingelte das Telefon. Es war Marta.

»Kommst du her? Hast du keine Angst, alleine rauszugehen? Klar, ich bin im Grätenzimmer. Nein, die Oma erfährt nichts. Außerdem ist sie gar nicht da.«

* * *

»Ja, natürlich, ich erinnere mich an Sie.« Bei der Firma Cavalli hatte Giusi, die Sekretärin, abgenommen, als Sara Du anrief. »Und ich kann Ihnen mitteilen, dass wir eine kleine Umfrage unter unseren Leuten gemacht haben, vor allem weil ja bei einem Hundebiss auch gegen Tollwut geimpft werden muss. Die Firma will auf keinen Fall riskieren, dass ein Mitarbeiter das unterlässt und sie dann, falls doch etwas passiert, möglicherweise haftbar gemacht wird und …«

»Und?«

Die junge Frau schien zu zögern, als ob sie Anweisung hätte, in dieser Sache nicht allzu viel zu sagen. So erschien es zumindest Sara Du, die natürlich nachhakte.

Am Ende räumte Giusi ein, ein Mitarbeiter wäre seit einer Woche krank geschrieben, und er hätte einen neuen Overall beantragt mit der Begründung, der alte sei gestohlen worden.

»Da hat die Firma wohl den Amtsarzt hingeschickt?«

»Ja, natürlich. Und der berichtete, der Mann habe sich bei einem Verkehrsunfall verletzt und müsse ein paar Tage zu Hause bleiben. Aber von einem Hundebiss war nicht die Rede.«

* * *

Bevor Marta ins Grätenzimmer hinaufging, wollte sie sich an der Bar eine Bitterorangen-Limonade holen. Roy stand hinter dem Tresen und hörte sich mit Engelsgeduld die ewig gleichen Klagen der alten Frau del Vecchio über ihre undankbare Schwiegertochter an. Marta tat, als wolle sie ein Tütchen Erdnüsse stibitzen, Roy tat, als würde er mit ihr schimpfen. Sie entkam ihm lachend. Doch sie stoppte unvermittelt und ging noch einmal zurück in die Bar. Auf dem Tresen hatte sie etwas Interessantes gesehen: einen Faltprospekt mit der Aufschrift:

Magier und Schamanen des Westens
Internationaler Fachkongress
15.–18. September
Villa dei Platani – Micca

Das war ja stark! Onkel Giovanni hatte doch immer wieder originelle Ideen. So sah man ständig die witzigsten Leute in seinem Hotel. Ihr gefiel das sehr gut. Wie ihr ja auch der Onkel gut gefiel. Sie verstand nicht, weshalb Leo ihn oft so kurz angebunden abfertigte.

Eigentlich wollte sie ihn gerne einmal direkt danach fragen. Doch dann dachte sie, sie müsste das wohl anders angehen, denn sie wusste, dass es nicht einfach war, mit Leo über seinen Vater zu reden. Im Gegenteil, er war genervt und wich aus, wenn man ihn damit zu sehr bedrängte.

Leos Mutter war seit fünf Jahren tot, und Marta war überzeugt davon, dass Leo sich gegen die Vorstellung wehrte, sein Vater könnte ihm früher oder später eine Freundin oder Lebensgefährtin vorstellen. Und indem er sich dagegen wehrte, wehrte er sich auch ein wenig gegen den Vater selbst. Denn ebenso sehr war Marta davon überzeugt, dass Leo ihn in Wirklichkeit sehr liebte, diesen Papa, der immer tausend Dinge am Hals hatte. Sie hatte oft beobachtet, wie sie Blicke tauschten, die eine große Vertrautheit und eine ganz tiefe Verbundenheit verrieten.

Ja, genau darüber wollte sie sprechen, als sie die Tür zu Leos Zimmer öffnete.

* * *

»Verzeihung, Sie arbeiten doch wohl hier, nicht wahr? Ich mache eine Studie über Arbeitsbedingungen im Transportwesen, insbesondere bei Fuhrunternehmen: Einhaltung der arbeitsrechtlichen Vorschriften, Vertragsbedingungen, Arbeitszeiten, Überstunden … Hätten Sie zwei Minuten Zeit? Wenn Sie gehen müssen, kann ich Sie gerne ein Stück begleiten … Arbeiten Sie immer zu zweit? Sind Sie manchmal auch alleine im Einsatz?«

Sara Du hatte keine Zeit verloren. Eine Stunde nach dem Gespräch mit Giusi stand sie mit ihrem Auto auf der gegenüberliegenden Straßenseite vor dem pfauenblau gestrichenen Eingangstor der Firma Cavalli und beobachtete das Kommen und Gehen im Hof der Speditionsfirma. Sie musste einige Zeit warten, bis sie schließlich einen Lastwagen in den Hof einfahren und kurz danach einen Mann im braunen Firmenoverall das Gelände verlassen sah.

Sie hatte ihn angesprochen und ihre ganze Überredungskunst eingesetzt.

Sie wollte herausfinden, wer der krank geschriebene Mitarbeiter war, und als sie ein ziemlich genaues Bild von den Arbeitszeiten, Schichten, Überstunden, Zuschlägen und so weiter hatte, gelang es Sara Du endlich, das zu erfahren, weswegen sie gekommen war.

»Ja, der arme Egidio, mein Kollege und Partner im Team, ist zu Hause und kann noch nicht einmal gehen. Der kommt vor einer Woche auf keinen Fall wieder.«

Die Oma dankte, verabschiedete sich und wählte noch auf dem Weg zu ihrem Auto erneut die Nummer der Speditionsfirma Cavalli.

»Guten Tag, kann ich bitte Egidio sprechen?«

»Egidio Troni?«

Es war fast sieben Uhr und Zeit, nach Hause zu gehen. Am nächsten Tag würde die Oma zu Egidio Troni gehen, Via dell'Orso 18.

Sie wollte überprüfen, ob der krank geschriebene Angestellte der Firma Cavalli der Mann sein konnte, nach dem Crispones Hund Otto geschnappt hatte.

Es war leicht gewesen, die Adresse herauszufinden. Sein Name stand im Telefonbuch von Micca.

Ihr Handy klingelte. Rubino war am Apparat. Gerardi hatte die Universität verlassen und war ohne Umweg oder verdächtige Zwischenstopps nach Hause gegangen.

* * *

Marta betrat Leos Zimmer und wollte gerade damit beginnen, über seinen Vater zu sprechen, doch sie hielt inne, als sie Leos aufgeregten, verschwörerischen Blick sah.

Er sah sie eindringlich an und sagte dann, ganz leise, fast als fürchte er, es könnte ihm jemand widersprechen: »Ich hab's verstanden. Ich habe mit Gerardi geredet …«

»Mit Gerardi?!«

»Ja, und er hat mir erklärt, in welcher Reihenfolge man die Bilder aneinanderlegen muss: Die Buchstaben in der Mitte ergeben dann die Worte Cala Raìs. Sagt dir das etwas?«

»Klar, das steht auf der Landkarte.«

»Genau. Der Ort, von dem aus man den Schatz suchen muss, ist eine Bucht namens Cala Raìs. Aber schau dir die Karte an: Wenn der Schatz im Schwarzen liegt, also an einem unterirdischen Ort im Landesinneren, dann wird man ihn wahrscheinlich nur über ein Netz unterirdischer Wege oder Höhlen erreichen können. Der Weg muss in den Bildern beschrieben sein und würde dann wohl etwa so aussehen: Das erste Bild ist das, in dem das CA von Cala Raìs steht. Man müsste also einen Ritter oder so etwas Ähnliches finden, der von der Sonne beschienen wird und ein Schwert trägt. Einen Felsen vielleicht oder eine Statue … Und dann muss man der Richtung des Schwertes beziehungsweise des Schwertschattens folgen. Und dann …«

»… sieben Schritte gehen! Die Karte in der Hand des Piraten ist eine Sieben!«

»Ja, genau. Dann kommt das dritte Bild, das schwierigste. Es muss wohl Gänge geben, und der Großmast würde darauf hindeuten, dass man den Hauptgang nehmen muss und dann die dritte Abzweigung rechts, Richtung Osten. Denn der Mann steht auf der dritten Rahe und blickt mit seinem Fernrohr nach Osten. Dass Osten rechts ist, steht auf dem Segel. Und dann kommt man zum Schwarzen, zum vierten und letzten Bild, zu Einauges Flagge. Wahrscheinlich hat man sich einen dunklen Ort vorzustellen, an dem der Schatz verborgen liegt. Aber wo? An welcher Stelle? Sicher muss man nach einem Zeichen suchen, das die genaue Stelle markiert.«

»Vielleicht ist irgendwo eine Sanduhr eingeritzt … Und 1943? Was bedeutet das?«

»Wahrscheinlich das Jahr, in dem Avena den Schatz gefunden hat. Oder das Jahr, in dem das Bild gemalt wurde, wie Gerardi meinte.«

Als die Oma das Grätenzimmer betrat, fand sie zwei freudestrahlende Kinder vor. Das tröstete sie ein wenig darüber hinweg, dass sie letztendlich nicht viel zur Lösung des Falles beigetragen hatte. Denn Leo und Marta hatten nicht nur die Hinweise entschlüsselt, die zu Einauges Schatz führten, wie sich aus dem aufgeregten Bericht der beiden über ihre Interpretation der vier Bilder ergab. Marta, die inzwischen ihren Vorsatz fallen gelassen hatte, mit ihrem Cousin Persönliches zu besprechen, hatte außerdem eine wichtige Eingebung gehabt.

Es gab nämlich ein Beweisstück, das sie bisher völlig außer Acht gelassen hatten, das sie aber möglicherweise auf die richtige Fährte bringen konnte.

Marta hatte alle Beweisstücke, die sie seit Beginn ihrer Nachforschungen in dieser rätselhaften Geschichte gesammelt hatten und die auf Leos Schreibtisch ausgebreitet waren, genau durchgesehen. Dabei war ihr etwas aufgefallen, das sie bisher nicht beachtet hatten, allerdings ohne dass sie daraus irgendeinen Schluss hätte ziehen können.

Doch als die Oma erzählte, sie habe im Zuge ihrer Ermittlungen bei Cavalli den Namen des krankgeschriebenen Angestellten erfahren, und als sie ver-

31. Oktober 1943

Scirocco, wenn es mir eines Tages gelingt, den Schatz zu bergen, ich schwöre es, dann lasse ich dir ein Denkmal errichten! Ein Grab, wie es kein Seemann dieser Welt je hatte, am Ufer des Meeres, mit der Inschrift: Dir verdanke ich alles. Scirocco der Träumer, die gute Seele, geboren und gestorben auf dem Meer. Gloria, ruhe in Frieden, Amen.

Was hältst du davon? Im Moment kann ich nur fantasieren, den richtigen Zeitpunkt abwarten. Denn Achtung, da draußen wimmelt es von Deutschen. Keinen Finger kann man heben, ohne dass sie dich abführen und wer weiß wohin bringen … zum Arbeiten, behaupten sie. Aber mit denen würde ich mich noch nicht mal auf einen Schnaps bei Rosita zusammensetzen. Aber sobald die sich hier aus dem Staub machen … Dann, geht auf, Türen zum Paradies! Mein wird er sein! Wie sagte Schwarzbart? »Nur zwei Menschen wissen, wo der Schatz ist, ich und der Teufel, und wer von uns beiden überlebt, der wird ihn bekommen.« Und das werde ich sein. Aber alles will ich nicht, Einauge kann die Rumfässer behalten, wer weiß, wo die her sind. Sie werden ihm auf seiner Reise in die Ewigkeit Gesellschaft leisten.

Bruder, auf, vor den Wind! Mit all dem Gold und all dem Bernstein, das wird ein Leben! Nach mir … die Sintflut.

Ich bin Einauges Erbe, ich werde sein Leben mit unvergesslichen Taten feiern. Einauge, auf dein Wohl! Kein anderer soll je dieses Blatt lesen, das mir der gute Scirocco vor seinem Tod gegeben hat. Ich habe es vernichtet, doch in meinem Gedächtnis ist es unauslöschlich eingebrannt.

Wenn der einäugige Ritter rundum im Feuer der Sonne steht, folge dem Schatten des Schwertes.
Sieben Schritte gehe so.
Beim Großmast, der dritte Ast an Steuerbord.

Im Schwarzen bleibt die Zeit stehen.

kündete, sie werde ihn am nächsten Tag aufsuchen, und seine Adresse nannte, brach im Grätenzimmer ein unbeschreibliches Triumphgeheul aus.

Die Äußerung der Oma war die eindeutige Bestätigung einer Vermutung, die Marta vorher eher zufällig geäußert hatte. Jetzt schrien die beiden gleichzeitig: »Volltreffer! Volltreffer! Voll-tref-fer!«

* * *

TEST Nr. 7

Eine Verbindung zwischen mehreren Beweisstücken hat die richtige Schlussfolgerung ermöglicht. Wen halten Leo und Marta für den Schuldigen?

Trage die Antwort in die entsprechende Zeile auf Seite 135 ein.
Wenn deine Antwort richtig war, kannst du dir die entsprechende Punktzahl auf deinem Krimimeter eintragen.

80 PUNKTE

Ein umwerfender Auftritt

Es war eine ihrer besten Vorstellungen, eine unnachahmliche schauspielerische Leistung.

Sie probte die Rolle wieder und wieder, bis sie das Gefühl hatte, die Figur sei ihr auf den Leib geschnitten. Sie feilte bis ins letzte Detail an der Dramaturgie. Zum ersten Mal konnte sie Rubino zeigen, was sie wirklich konnte.

Flora und die Kinder hatten sofort den ehemaligen Polizisten gerufen. Sie hatten ihn über die Dinge aufgeklärt, die für sie innerhalb weniger Minuten eindeutige Gewissheit geworden waren, und hatten einen regelrechten Schlachtplan aufgestellt. Die Hauptrolle kam der Oma zu, besser gesagt Sara Du. Sie vereinbarten, den Plan am nächsten Tag in die Tat umzusetzen, und zwar am frühen Abend.

Alle schliefen unruhig in dieser Nacht. Die Kinder erlebten den darauffolgenden Schultag als eine Art Fortsetzung ihrer nächtlichen Träume. Marta wurde sogar nach vorne gerufen und abgefragt. Später wusste sie nicht, wie es ihr gelungen war, zu antworten, und sogar richtig.

Rubino nahm sich alle Fakten des ungewöhnlichen Falls noch einmal vor und ergänzte sie durch einige neue Informationen. Vor allem gelang es ihm, eine Reihe interessanter Details über die verdächtige Person herauszufinden. Auch für ihn zogen sich die Nacht und der Tag endlos hin, wie immer, wenn man einem alles entscheidenden Moment entgegenfiebert.

* * *

Etwa um Viertel nach sieben, kurz vor Ladenschluss, betrat eine merkwürdig aussehende Dame unbestimmbaren Alters das Geschäft mit der Aufschrift: »ARHD – Antiquariat, Restaurierung Historischer Dokumente« an der Via dell'Orso 18.

Sie war sehr elegant gekleidet, aber es fehlte nur wenig und sie hätte aufgedonnert bis ordinär gewirkt. Platinblonde Haare, hoch auftoupiert, darunter ein flach an die Stirn gepresster Pony.

Zwei Spangen hielten die Haare an den Schläfen. Sie waren mit kleinen Perlmuttsternchen besetzt, die aussahen, als würden sie blinken.

Die Frau war weiß gekleidet. Auch ihre Stiefel waren weiß. Unter dem sehr langen Rock waren sie allerdings kaum zu sehen. Die Augen wurden von einer Brille mit getönten Gläsern in einer großen Fassung aus Schildpatt bedeckt.

Giorgio De Andreis war an jenem Tag alles andere als guter Laune und blickte die sonderbare Gestalt, die da durch die Tür kam, etwas schief an. Sonst war niemand im Geschäft und er hätte gerne etwas früher zugemacht.

Die Frau näherte sich einem Regal mit alten Büchern in der Nähe des Schaufensters. Sie nahm eines in die Hand, blätterte darin, dann ein zweites, legte es wieder zurück, dann ein drittes, und als sie es öffnete, zuckte sie zusammen. Der Antiquar beobachtete sie. Ihr Gesichtsausdruck hatte sich verändert. Die Gesichtsmuskeln waren auf einmal angespannt. Plötzlich hielt sie ein Notizbuch und einen Stift in der Hand und fing hektisch an, etwas aufzuschreiben. Als würde sie stenografieren. Sie schrieb in großen Schwüngen und schien eher Linien zu ziehen als zu schreiben, und da das Notizbuch sehr klein war, blätterte sie ständig weiter. Unvermittelt, genauso plötzlich, wie sie zu schreiben begonnen hatte, hörte die Frau auf zu kritzeln, nahm einen leidenden Gesichtsausdruck an und schien geräuschlos zu weinen.

Giorgio de Andreis war bestürzt. »Meine Güte, geht es Ihnen nicht gut? Kann ich Ihnen helfen?«

»Nein danke, geht schon vorbei.« Die Frau sprach mit starkem, leicht singendem Akzent. Mit Sicherheit war sie Ausländerin, vielleicht Slawin, Russin möglicherweise. »Jedes Mal wenn passiert, ist wie erste Mal. Aber kann nicht aushalten, wenn Schmerz so groß, so furchtbar groß.«

»Schmerz, aber was für ein Schmerz? Wegen des Buches?« Der Antiquar dachte, er habe es mit einer leicht Verrückten zu tun, und machte keinen Hehl daraus. Er wollte sie möglichst schnell wieder loswerden.

»Nein, Schmerz von wer hat Buch besessen. Buch war viele Jahre in Hand von Frau, die hat Stunde und Stunde darüber gesessen. Sind viele Notizen an Rand, sehen Sie? Sie hat geschrieben. Aber Frau tot … brutales Tod …«

»Und wie wollen Sie das wissen?«

»Ich wissen, was du denkst: Du denkst, ich bin verruckt, ich alles erfinde ... Oder du glauben an Metaphysik?«

»Ja ... aber ... wie haben Sie diese Eingebung gehabt?«

De Andreis tappte in die Falle. Mit beiden Füßen.

»Mischa hat mir gesagt.«

»Verzeihen Sie meine Neugier, aber wer ist Mischa?«

»Oh, ich nicht kann sagen, weil sonst Sie denken, ich verruckt.«

»Nein, nein, haben Sie keine Angst. Ich glaube an die Metaphysik. Sagen Sie doch!«

»Mischa, mein außerirdische Freund.« Bei diesen Worten redete die Frau plötzlich ganz leise und flüsterte es De Andreis fast ins Ohr, obwohl niemand mithörte.

Der Antiquar sah sie an. Er wusste nicht, was er denken sollte. Ein wenig skeptisch war er immer noch. Wer bist du? Soll ich dir glauben? Oder legst du mich rein?, dachte er bei sich. Laut fragte er sie jedoch: »Und ... er heißt Mischa?«

»Ich nenne Mischa. Er sich nennen XZ202829eins.«

Jetzt wollte De Andreis es genau wissen und bohrte weiter: »Aber was sagt er Ihnen? Und wie ...?«

»Wenn ich etwas Besonderes, Sache oder Mensch, sehe, dann plötzlich er mit mir spricht. Ich aber nicht höre Worte, ich nur höre Gefühl innen in mir und ich muss schreiben, meine Hand geht von allein, und ich muss Dinge erleben, was ich schreibe ...«

»Aber was für Dinge? Was sagt er denn genau?«

»Er sagt Dinge von Personen, von Leben, von Pläne, von Vergangenheit, von Gefahren, Geschichten ... Auch antwortet, wenn ich frage, manchmal. Ich entdecken ganz alte Geheimnisse von Leute, was niemand weiß!«

»Geheimnisse? Von Leuten, von denen niemand etwas weiß?« Bei diesen Worten horchte der Mann auf. »Kann denn Mischa die Gedanken von Menschen nur in Büchern fühlen oder auch in anderen Gegenständen?«

Der Plan funktionierte, De Andreis hatte angebissen. Rubino hatte nämlich herausgefunden, dass der Antiquar sich intensiv mit Parapsychologie, Telepathie, Hellsehen und übersinnlichen Wahrnehmungen beschäftigte. Mit all den körperlichen und seelischen Erscheinungen also, die als »paranormal« bezeichnet werden. Er hatte wiederholt an Kongressen zu diesen Themen teilgenommen und jedes Mal mindestens einen Vortrag gehalten, der auch in den Kongressbericht aufgenommen worden war.

Jetzt konnte er sein Glück kaum fassen, da er meinte, ein Medium vor sich zu haben, einen Menschen also, der von Natur aus mit übersinnlichen Fähigkeiten ausgestattet war.

Er dachte nicht lange nach. Er versuchte gar nicht erst, die Situation mit Abstand zu betrachten und entsprechend zu handeln. Er ließ sich von der Begeisterung über die Aussicht mitreißen, das Problem, das ihn seit Jahren nicht losließ, könnte mit einem Mal gelöst werden. Er war besessen von der Angst, er würde das Geheimnis der Bilder vielleicht nie entschlüsseln können. Und so vergaß er, sein Geschäft zu schließen.

»Wenn Sie das für mich anfassen würden? Was hätte es mir zu sagen?« Und er zog aus einer Schublade der Theke, nachdem er einen Berg von Papieren zur Seite geschoben hatte, ein kleines Bild hervor, das in ein Stück Wildleder gewickelt war.

Das Bild zeigte eine Sanduhr. Sara Du kannte es sehr gut. Es war eines der Bilder, die Cristina Villa auf der Auktion ersteigert hatte.

Flora nahm es in die Hand, drückte es einige Sekunden an sich und begann zu zittern. Sie kauerte sich hin, nahm ihr Notizbuch und begann, hastig unleserliche Zeichen hineinzukritzeln, sah dann den Händler an und sagte mit leiser Stimme etwas.

De Andreis beugte sich zu ihr hinunter: »Was sagen Sie? Ich habe Sie nicht verstanden.« Sie sagte noch einmal etwas, aber er verstand nur einzelne Worte: »Meer, Schatz, blindes Auge, anderes Bild, Schiff, berühren, berühren … andere Bilder!«

»Andere Bilder? Alle? Müssen es alle Bilder sein? Ich habe nur drei!«

De Andreis war völlig außer sich. Er dachte an das Bild, das er verkauft hatte. Er kümmerte sich überhaupt nicht um die Frau. Wahrscheinlich hätte er sie da wimmernd am Boden liegen gelassen, wenn sie ihm nur das Geheimnis verraten hätte, wenn sie ihm nur verraten würde, wo er einen Fehler gemacht hatte, was er nicht verstanden hatte, wo er suchen sollte. Der Ort war der richtige, da war er sich sicher. Aber wo, an welcher Stelle, lag der verfluchte Schatz? Was hatte dieser Libero Avena damit angestellt?

»Nicht alle. Ein Bild. Bild von Schiff, Segelschiff …«

Der Mann zog die Schublade erneut heraus und wühlte hastig und erregt unter anderen Dokumenten. Er fand schließlich das Bild von Crispone, das mit dem Segelschiff, und reichte es Flora, die inzwischen mit einem Faden Speichel im Mundwinkel aussah wie in Trance. Als würde sie gleich in Ohnmacht fallen.

Sie sah ihn ächzend an, hob mühsam die Arme und nahm das Bild an sich. Doch in diesem Moment ließ sie die Maske fallen. Sie setzte ein strahlendes, siegesbewusstes Lächeln auf und rief laut: »Jetzt!«

Die Tür flog auf.

»Keine Bewegung. Legen Sie die Hände auf die Theke und machen Sie keine Dummheiten.« Rubino hielt eine Pistole auf De Andreis gerichtet. »Rufen wir die Zentrale.«

In diesem Moment kamen auch Marta und Leo herein. »Oma, du warst um-wer-fend! Wir haben alles gehört! Das Mikrofon hat perfekt funktioniert.«

»Rubino ist immer perfekt«, ächzte Flora, während sie sich aufrichtete, einigermaßen mitgenommen von der anstrengenden Vorstellung.

»Nein, nein, *du* bist perfekt. Großartig. Überragend. Auch ihr, Kinder – Respekt, Respekt!« Rubino war direkt gerührt.

Die Oma sah voller Stolz auf ihre Enkel, drückte sie beide fest an sich und sagte: »Meine lieben kleinen Spürhunde. Was würde ich ohne euch machen?«

Angesehener Antiquar wird wegen Piratenschatzes zum Verbrecher

DER FLUCH DES PIRATEN

Eine Schatzsuche im dritten Jahrtausend? Ist so etwas denkbar? Offenbar schon. In der Via dell'Orso 18 wurde am Abend ein Antiquariat von der Polizei durchsucht, Inhaber Giorgio De Andreis soll sich in polizeilichem Gewahrsam befinden. Mithilfe mehrerer Zeugen konnte rekonstruiert werden, dass De Andreis im März vermutlich eine Reihe von Diebstählen begangen hat. Dabei soll er insgesamt drei Gemälde entwendet haben, von denen er glaubte, sie enthielten Hinweise auf den Schatz des legendären Piraten Einauge, der im 17. Jahrhundert lebte. Von dieser Idee soll er so besessen gewesen sein, dass er sich sogar zu einer noch schwerwiegenderen Tat habe hinreißen lassen: Der Schatzsucher habe zwei Jugendliche überfallen und bedroht, die im Rahmen eines Schulprojekts Nachforschungen anstellten, die zum Teil mit dem Seeräuber zu tun hatten. Die Jagd nach dem angeblichen Schatz des Piraten Einauge hatte sich bei ihm im Laufe der Zeit von einer fixen Idee zu einer regelrechten Psychose ausgewachsen. Die Aussagen der beiden Kinder sowie eines bisher unauffindbaren angeblichen Mediums waren ausschlaggebend für die Überführung und Festnahme des Antiquars.

Noch einmal bei Aldo Crispone

Der Sommer war über Nacht gekommen. Schon um zehn Uhr morgens war es richtig heiß.

Leo, Marta und Oma Flora hatten sich in die Kühle des Vasenzimmers geflüchtet.

Auf dem Tisch lag die Zeitung, aufgeschlagen bei dem Artikel über die Verhaftung von Giorgio de Andreis. Daneben Floras Aufnahmegerät, diesmal ausgeschaltet.

»Kinder«, sagte die Oma und arrangierte ein paar Blumen in einer Vase, »ich bin euch wirklich zu Dank verpflichtet. Ohne euch hätte ich diesen Fall wohl kaum lösen können – das war einer der kuriosesten Fälle, die mir je begegnet sind. Aber eines habe ich euch noch nicht gefragt: Wie seid ihr denn auf den Antiquar gekommen, noch bevor ich euch erzählt hatte, in der Via dell'Orso sei ein Overall gestohlen worden?«

»Oma, wir haben alle Beweisstücke auf Leos Schreibtisch ausgebreitet, die im Laufe der Ermittlungen zusammengekommen waren. Und da war doch diese Visitenkarte von De Andreis. Da meinte Marta: ›Der hat doch auch eines der Bilder in der Hand gehabt.‹ Und als wir uns dann den Ausdruck aus der Datenbank von Panforte angesehen haben, mussten wir plötzlich feststellen, dass dieser De Andreis gelogen hat. Es stimmte nicht, dass er bei der Avena-Auktion sonst nichts gekauft hat, wie er behauptete, als wir ihn danach fragten. Er hat den ganzen Nachlass an Dokumenten ersteigert, die Landkarten, Briefe, Urkunden … Das haben wir bemerkt, als wir die Liste aus der Datenbank, die Emilio uns ausgedruckt hat, mit der Visitenkarte von De Andreis verglichen haben. Das Bild war Giorgio De Andreis zugeschlagen worden, die Dokumente dagegen seiner Firma ARHD, was so viel heißt wie ›Antiquariat und Restaurierung Historischer Dokumente‹. Deshalb haben wir nicht gleich gemerkt, dass er das auch war. Und dann haben wir uns natürlich gefragt, weshalb er nicht die Wahrheit gesagt hat. Wie Bettie Lynx schon sagte: Wer lügt, hat in der Regel etwas zu verbergen.«

Marta fügte hinzu: »Außerdem war er groß und breit wie der Kerl, der uns überfallen hat. Und er stank nach Pfeife, genau wie der andere. Da fiel uns ein, dass er auch Pfeife raucht, nicht nur Gerardi. Dann bist du gekommen und hast gesagt, einem Cavalli-Mitarbeiter sei ein Overall gestohlen worden und der wohne in der Via dell'Orso 18, wo auch sein Antiquariat ist – da ist der Groschen dann endgültig gefallen. Er musste es gewesen sein.«

»Ihr wart wirklich unglaublich scharfsinnig, meine Lieben.«

»Was hat denn Crispone gesagt, als du ihm das alles erzählt hast?«, fragte Marta.

Flora lachte laut. »Crispone hat seinen Ohren nicht getraut!« Sie erzählte den Kindern, wie es am Vortag bei Aldo Crispone gewesen war. »Ratet mal, wen er zu Besuch hatte, als ich dort eintraf? Händchen haltend, Liebling Otto zu ihren Füßen, saß eine völlig verwandelte Gianna Traversi mit ihm auf dem Sofa, mit samtweichen Augen und verträumtem Blick!«

»Was? Echt? Unglaublich! Erzähl weiter!«, rief Marta begeistert.

Gianna Traversi hatte nach dem Besuch von Sara Du und Rubino ihren alten Bekannten Aldo angerufen, um zu erfahren, wer die beiden sonderbaren Gestalten tatsächlich waren, die behaupteten, sie würden für ihn arbeiten.

Sie hatten sich verabredet, und wie durch ein Wunder war die Zuneigung, die Gianna vor vier Jahren in ihm zu wecken versucht hatte, als sie ihn zu dieser Versteigerung mitnahm, in ihm erwacht und in den schönsten Farben erblüht.

»Sie saß da bei ihm, als ob es die größte Selbstverständlichkeit der Welt wäre, und als ich berichtete, der Fall sei auf so unerwartete Weise gelöst worden, boten sie mir einen Stuhl an und baten mich, alles von Anfang an zu erzählen.«

Flora schaltete das Tonbandgerät ein und sie hörten den Bericht von Sara Du: »... Diese ganze Geschichte mit den Frikadellen und mit dem Angriff auf den Hund, das hat mich auf eine falsche Fährte geführt. Nicht dass es diese Hundediebe nicht gäbe – übrigens, haben Sie die Zeitung schon gesehen? In der heutigen Ausgabe ist ein ausführlicher Artikel über eine Großaktion der Polizei zu lesen.«

Sara Du zog eine Zeitung heraus und las einen Artikel vor:

Dobermann-Entführer entlarvt:
Gaunerring zerschlagen

ILLEGALE HUNDEKÄMPFE BEENDET: GEWETTET WURDE IM GROSSEN STIL

Nach monatelangen Ermittlungen gelingt der Polizei ein großer Coup

MICCA – Mit der Identifizierung und Festnahme der Köpfe einer mächtigen, bestens ausgerüsteten Verbrecherbande, die vor allem Dobermannhunde stahl, um sie für illegale Kämpfe in unserer Stadt und anderen Städten des Landes abzurichten, ist ein wichtiger Schlag gegen das organisierte Verbrechen gelungen. Die kriminellen Wettgeschäfte des Rings erstreckten sich auf zahlreiche Städte im ganzen Land.

Seit Monaten ermittelte die Polizei in diesem Milieu und drang am Ende bis zur Spitze der Organisation vor. Der Erfolg ist in erster Linie dem Einsatz und der Unerschrockenheit eines Polizisten der Einsatzzentrale Micca zu verdanken, dem es gelang, das Netz zu unterwandern. Nach der Operation der Polizei konnten zahlreiche Hunde ihren rechtmäßigen Besitzern zurückgegeben werden.

Besonders herzlich bedanken möchten sich auf diesem Wege die Besitzer von Gippo. Der Dobermann war vor zwei Monaten im Stadtteil Acquaverde entführt worden und wurde bei der Aktion aus einem der vielen Zwinger, in denen die Hunde abgerichtet wurden, befreit. Er wurde in einem verlassenen Gutshof knapp außerhalb der Stadtgrenzen aufgefunden. Die Familie möchte sich bei der Polizei, besonders aber auch bei einer Privatdetektivin, deren Namen nicht genannt werden kann, für ihren entscheidenden Beitrag zu Gippos Befreiung ausdrücklich bedanken. *(m. v.)*

»Gratuliere! Zwei Fälle auf einmal!«, meinte Crispone.

»Ja, so ist es wirklich, denn diese krummen Geschäfte mit den Hunden gab es tatsächlich, doch bei dem Bilderdiebstahl ging es um eine komplizierte Geschichte rund um einen Piraten und seinen Schatz.«

Sara Du nahm den Faden ihrer Erzählung wieder auf und berichtete, wie Giorgio De Andreis bei der Versteigerung eines der vier Casali-Gemälde und die ganze Sammlung Dokumente und Karten gekauft hatte, die zu der Auktion Avena gehörten. Sie erzählte, der Antiquar habe das Bild sofort zum Verkauf angeboten und sich erst einige Zeit später damit beschäftigt, die zum Teil sehr mitgenommenen Karten zu restaurieren. Und während dieser Arbeit kam ihm die Idee, er könnte einem Rätsel auf die Spur gekommen sein, dessen Lösung eine Belohnung versprach. Vor allem war es die Karte mit der »Sepa«, die ihn darauf brachte.

Auf der Karte stand nämlich, in einem Anagramm verschlüsselt, SUCHT DEN WEG ÜBER BILDER. Da dieser Satz von Avena stammen musste, war klar, dass er sich auf die Bilder bezog, die er bei Casali in Auftrag gegeben hatte. De Andreis ärgerte sich natürlich schwarz darüber, dass er das eine Bild, das er ersteigert hatte, verkauft hatte, aber er hatte ja eine Abbildung davon im Katalog, und er ging davon aus, dass das reichen würde, um die nötigen Hinweise herauszulesen.

Er musste aber unbedingt auch die anderen drei Bilder irgendwie überprüfen und untersuchen.

Er überredete einen befreundeten Informatiker, sich als Hacker zu betätigen, und der knackte – genau wie es später auf Floras Bitte hin Emilio tat, der Hausfreund der Valés – den Zugang zum Archiv des Auktionshauses. So fand er die Namen und Adressen der anderen Käufer heraus. Er hatte noch nie etwas gestohlen, aber dieses Rätsel ergriff in kürzester Zeit so völlig Besitz von ihm, dass er zunächst den Overall eines Mitarbeiters der Speditionsfirma Cavalli stahl, den dieser auf der Terrasse im ersten Stock der Via dell'Orso 18 zum Trocknen aufgehängt hatte, und danach einen abenteuerlichen Ausflug über die Dächer wagte, um in die Wohnung des Ehepaares Villa einzudringen. Dieser Diebstahl, hatte er eingeräumt, sei wirklich ein Kinderspiel gewesen – eigentlich habe er dabei noch Spaß gehabt …

»Aber hier bei Ihnen, Herr Crispone, lief es nicht so glatt. Die Frikadellen, die die alte Mutter des Antiquars liebevoll für ihren ›unverbesserlichen Junggesellen‹ eingepackt hatte, schmeckten Ihrem Liebling nicht – und De Andreis hat bis heute Ottos Zahnabdruck auf dem Arm!«

»In den Arm hat er ihn also gebissen! Nicht ins Bein …!«

»Genau. Auch hier hatte ich einen Fehler begangen. Ich suchte jemanden, der hinkt, dabei ...« Crispone war baff. Sara Du hatte ihm die Gründe für den Einbruch erklärt, der ihm solche Sorgen bereitet hatte, und er konnte sich einfach nicht vorstellen, dass das alles aus für ihn so völlig unverständlichen Motiven geschehen sein konnte. Er wusste nicht einmal, ob er darüber lachen oder weinen sollte, dass er in eine so verwirrende Geschichte aus Abenteuer und Legende hineingezogen worden war.

»Ein Spinner«, war alles, was er herausbrachte.

»Ja aber, wer weiß, an seiner Stelle ...«

»Gianna, jetzt sag nicht, dass du ihn auch noch in Schutz nimmst!«

»Nein, das nicht, aber wenn ich an seiner Stelle ...«

»Ich ahne es«, brummte Crispone verliebt, »dein ewiger Hang zum Schrägen. Aber denk doch mal nach, der Mann ist ein Dieb, ein Einbrecher!«

Aber Gianna Traversi fand die ganze Angelegenheit exotisch und aufregend. »Aldo, das ist doch eine fantastische Geschichte, findest du denn nicht!? Wir müssen uns auch auf die Suche nach dem Schatz machen!«

Crispone schüttelte lächelnd den Kopf: »Anstoßen müssen wir! Auf das glückliche Ende dieser ganzen Geschichte. Wie wär's mit einem guten Stück Salami, echt aus Felino, und einem Schlückchen Brachetto?«

»Aldo, Liebling, doch nicht Rotwein und Wurst, bei dieser Hitze!«

»Gut, dann vielleicht etwas Leichteres: ein paar Oliven und der übliche Vermentino, einverstanden?«

Eine knappe halbe Stunde später war es Flora gelungen, sich zu verabschieden. Sie ließ Crispone und Gianna Traversi bei einer zärtlich-lebhaften Diskussion darüber zurück, ob man denn jetzt zu einer Reise voller Abenteuer aufbrechen solle oder nicht.

Sara Du hatte den Auftrag ihres Klienten erfüllt.

»Oma, was ist denn los? Du siehst überhaupt nicht zufrieden aus.«

»Bin ich auch nicht, meine lieben Spürhunde. Zur Vollendung der gesamten Geschichte fehlt nämlich noch etwas.«

Eine fixe Idee

Im Arbeitszimmer von Professor Gerardi wogte wie immer eine dichte Wolke aus Zigarrenrauch. In den Eierschalensesseln waren die Umrisse Floras, Martas und Leos zu erkennen.

Giuseppe Gerardi sagte gerade »... Ihre Entschuldigung nehme ich an, weil Sie aus Liebe und Sorge um Ihre Enkel gehandelt haben. Aber in Zukunft würde ich doch empfehlen, weniger rabiate Methoden anzuwenden, wenn Sie keine überzeugenden Beweise haben ...«

Die Kinder und auch Flora hatten sich bei Gerardi entschuldigen wollen. Leo und Marta, weil sie ihn verdächtigt hatten, obwohl er ihnen so bereitwillig bei ihrem »Projekt« geholfen hatte, die Oma dagegen, weil sie den überfallartigen Besuch in seinem Büro an der Universität inszeniert hatte.

Der Historiker hatte sie höflich, wenn auch zurückhaltend begrüßt und die übliche Limonade mit viel Eis angeboten. Sehr schnell kam die Rede natürlich auf die Ursache des Missverständnisses, auf die ganze seltsame Geschichte und vor allem auf Giorgio De Andreis und seine fixe Idee. Am Ende gab Flora den Großteil eines Gesprächs wieder, das sie mit De Andreis im Gefängnis geführt hatte. Sie hatte eine Besuchserlaubnis erhalten, um ihn über die wirkliche Identität des hellsehenden Mediums aufzuklären. Sie wollte ihm aber auch einige weitere Informationen entlocken, die ihr für einen endgültigen Abschluss der Angelegenheit noch fehlten. Eine Frage nämlich hatte Flora sich noch nicht beantworten können: »Weshalb hat Giorgio De Andreis den Schatz nicht gefunden?«

Zunächst beschimpfte der Antiquitätenhändler sie ausgiebig dafür, dass sie ihn so böse hereingelegt hatte. Doch nachdem er sich genügend abreagiert hatte, stellte sich heraus, dass Giorgio De Andreis völlig fertig war, mitgenommen, am Rande eines Nervenzusammenbruchs. Und so hatte er ihr am Ende haarklein erzählt, wie er in diese Geschichte hineingeraten war und wie sie für ihn zu dem wurde, was die Oma als »unausrottbare fixe Idee« bezeichnete.

Alles hatte mit der Karte angefangen. Dann war ihm ein Artikel von Professor Gerardi in die Hände gefallen, in dem von Einauge die Rede war und der eine volkstümliche Ballade zitierte, von der Gerardi behauptete, sie beziehe sich eindeutig auf diesen Piraten. Als De Andreis die Ballade las, war er verblüfft: »Das ist der Schatz! Das ist der Schlüssel und jeder kann ihn lesen und hören!«

Vor allem die beiden letzten Strophen der Ballade gingen ihm nicht mehr aus dem Kopf:

... ZU VERWEHREN JEDEN ZUGANG
ZU DEN SCHÄTZEN DES UNSTERBLICHEN
IN DER ALLGELIEBTEN BUCHT.

»Welche Bucht? Vielleicht eine auf der Sepa-Karte?«, fragte sich De Andreis.

Bei den Versen ganz am Schluss durchschoss ihn dann blitzlichtartig die Erkenntnis: »Der Schatz muss sich dort, auf dieser Sepa, befinden.«

... DER IM SCHWARZEN LOCHE LIEGT.
UND DEM WÄRTER DIESER HÖHLE,
UNVERROTTBAR EW'GEM RITTER,
WIRD ER PFAND BEZAHLEN MÜSSEN.

Das erklärte den rätselhaften Hinweis auf der Karte: »Hier liegt das Schwarze.«

Von da an ließ ihn der Gedanke an die Sepa und an den Schatz nicht mehr los. Er musste ihn finden, um jeden Preis. Er verrannte sich so sehr in diese Idee, dass er fast zwei Jahre damit verbrachte, nachzuforschen, um welche Insel oder um welchen Küstenabschnitt es sich bei der Karte handeln könnte, denn bei dem Namen Sepa und den ganzen weiteren Ortsbezeichnungen handelte es sich natürlich um Fantasienamen. Die hatte jemand benutzt, um die Lage des realen Ortes zu verheimlichen. Er hatte auf der Grundlage der alten Karte die Grafik einer Küstenlinie in seinen Computer eingegeben und begonnen, alte und neue Seekarten auf der Suche nach einem solchen Küstenabschnitt zu durchforsten. Er besuchte sogar einen Navigationslehrgang und verschlang eine Unmenge Texte über Piraten und Schätze, sodass ihm am Ende das Denken und Fühlen eines echten Seemannes in Fleisch und Blut übergegangen war.

Durch intensives Lernen, Geduld und Fleiß, mit Sturheit und Ausdauer gelang es ihm schließlich, den Küstenabschnitt zu identifizieren, auf den sich die Karte mit den merkwürdigen Ortsnamen bezog. Es war die Insel Petrosa. Ein Inselchen an der dalmatinischen Küste – eine Region, die der Seeräuber Einauge natürlich kannte wie seine Westentasche.

Auf der Karte fand sich der Hinweis WILDER BERGE SÜDEN BUCHT. Es waren also zwei Elemente zu kombinieren: die Bucht aus der Ballade und die rätselhaften Angaben auf der Karte.

Er war auf die Insel Petrosa gefahren, war einen ganzen Monat dort geblieben, hatte seinen ganzen Urlaub mit der Suche nach Buchten im Süden schroffer Hügelzüge verbracht, hatte alle infrage kommenden Strandabschnitte Zentimeter für Zentimeter abgesucht, Tausende Felsspalten, Höhlen und Grotten durchleuchtet – ohne Erfolg. Er fand nichts und kehrte völlig erschöpft nach Micca zurück.

Bis eines Tages sein Blick erneut auf die Worte WILDER BERGE SÜDEN BUCHT fiel. Zwar hatte er sofort bemerkt gehabt, dass die Worte nach der Entstehung der Landkarte hinzugefügt worden waren, aber als Restaurator alter Karten wusste er, dass es normal war, wenn die verschiedenen Besitzer im Laufe der Zeit die Karten mit ihren persönlichen Vermerken versahen.

Doch erst jetzt wurde ihm klar, dass eine Anmerkung auf einer Karte wie dieser, die lauter Fantasienamen enthielt, eine verschlüsselte Botschaft sein könnte.

Das Anagramm war nicht schwer aufzulösen: SUCHT DEN WEG ÜBER BILDER, lautete die Botschaft. Doch was für Bilder? Wer könnte das da hingeschrieben haben? Und wozu?

Anagramme waren nichts für Piraten.

Wie im Fieber begann De Andreis, die Geschichte dieser Karte zu rekonstruieren. In Gedanken kehrte er zu der denkwürdigen Versteigerung im Auktionshaus Panforte zurück und stieß dabei auf zwei immer wiederkehrende Namen: Libero Avena und Antonio Rodolfo Casali.

Vielleicht war der Schlüssel zu allem hier zu finden. Er musste unbedingt diese Bilder beschaffen. Aber wie? Er sah nur eine Möglichkeit: sie zu stehlen. Inzwischen war er zu allem bereit.

Seine Vertrautheit mit Seeräubergeschichten und versteckten Schätzen half ihm dabei, die Botschaft der Bilder zu entziffern.

»Er hatte es also geschafft! Er hatte alle nötigen Hinweise gefunden, die er brauchte, um sich auf die Suche nach dem Schatz zu machen«, schloss die Oma ihren Bericht.

Gerardi fügte hinzu: »Den Rest kann man sich denken, da wir ja die Botschaft aus den Bildern auch verstanden haben. Er reist erneut nach Petrosa, findet auch nach vierzehn Tagen hartnäckigen Suchens in der Bucht, die auf der Karte als Cala Raìs bezeichnet wird, die richtige Höhle, aber … keine Spur von dem Schatz, oder irre ich mich?«

»Richtig, wobei De Andreis an dieser Stelle der Geschichte sehr vage wurde. Dabei habe ich ihn danach gefragt und auch noch einmal nachgehakt. Aber dazu hatte er nur Unzusammenhängendes zu sagen, so in der Art: Irgendetwas stimmte dort nicht, der Ritter, die unterirdischen Gänge, der Schatten … Mehr hat er mir sicher deswegen nicht erzählt, weil er selbst dort wieder hin will und weitersuchen, sobald er aus dem Gefängnis herauskommt.«

De Andreis hatte stattdessen berichtet, er sei vollkommen erschöpft, entmutigt und deprimiert nach Hause gekommen und sicher gewesen, er habe etwas falsch gemacht.

Und dann war Gerardi gekommen, ausgerechnet der Mann, dem er das eine Bild mit dem Ritter verkauft hatte.

De Andreis fühlte sich bedroht. Er begann zu befürchten, ein anderer könnte das Rätsel lösen, das Geheimnis lüften und es aller Welt mitteilen. Was wollte wohl dieser Gerardi, so plötzlich nach vier Jahren?

Gerardi unterbrach den Bericht der Oma und erklärte: »Mir fiel ein, ich könnte ihn ja fragen, ob er zufällig weiteres Material über Einauge habe, zusätzlich zu dem Bild, das er mir verkauft hatte. Die beiden Kinder hatten meine Neugier wieder geweckt, und natürlich erzählte ich ihm davon, dass sie ein Schulprojekt machten und dass sie mir eine Menge Fragen gestellt und mir Lust gemacht hatten, den Geschichten von Einauge auf die Spur zu kommen – ihr wisst ja, dass das eines meiner Lieblingsgebiete ist.«

Natürlich erinnerte sich De Andreis an die beiden Kinder, die ihn mit dem Foto des gestohlenen Bildes in seinem Geschäft besucht und ausgefragt hatten. Er erinnerte sich auch an den Namen der Schule und dass sie von einem Projekt gesprochen hatten. Schließlich kam er zu dem Schluss, dass sie beide, und nicht Gerardi, eine Gefahr für ihn sein könnten, potenzielle Rivalen auf der Suche nach dem Schatz. Welche Informationen besaßen sie schon? Was suchten sie in Wirklichkeit? Waren die beiden kleinen Schnüffler etwa schon auf der richtigen Fährte? Er musste sie aufhalten. Um jeden Preis.

So kam er auf die Idee, den Überfall zu inszenieren. Er hatte an alles gedacht: Er hatte vor der Schule auf die Kinder gewartet und war ihnen gefolgt, um in Erfahrung zu bringen, welchen Weg sie gewöhnlich nahmen. Er hatte den Drohbrief gebastelt und sogar daran gedacht, den Geruch von Pfeifentabak, dessen er sich bewusst war, mit einer satten Dosis Parfüm zu überdecken. Er wollte im Grunde nicht noch weiter gehen, wäre aber dazu bereit gewesen, wenn er gemerkt hätte, dass die beiden nicht locker ließen. Er hoffte, dass würde genügen, um sie von weiteren Nachforschungen abzuhalten.

Er war fast ununterbrochen dabei, sich das Hirn über seinem Rätsel zu zermartern, als eines Abends diese Frau in sein Geschäft kam und ihn in die Falle gehen ließ. Er war so sehr auf die Lösung des Rätsels in den Bildern fixiert, dass er voll auf sie hereinfiel. Er konnte sich seine Leichtgläubigkeit nicht verzeihen.

»Und irgendwann hat er gefragt«, erzählte Flora, »wie ich denn auf ihn gekommen wäre.« Da war es, als sei er urplötzlich aus einem Traum erwacht, als habe er sich bis dahin in einer Art Trance befunden und auf einmal gemerkt, dass er zu viel geplaudert hatte. Ich erklärte, ich sei nur die Oma, sonst nichts. Ich wollte nicht, dass er weiß, dass wir die gleichen Informationen haben wie er. Durchgedreht wie der ist! Jedenfalls fiel De Andreis kurz darauf wieder in diesen merkwürdig abwesenden Zustand zurück, als ob ihn ein Albtraum verschlänge … Und jetzt, in der Gefängniszelle, denkt er mit Sicherheit auch nicht daran, wie er sich vor Gericht verteidigen wird, sondern zerbricht sich nur den Kopf darüber, wie er an den Schatz kommen kann.«

»Aber liebe Frau Valé, möglicherweise war da nie etwas! Wer weiß, was Libero Avena mit diesem Schatz angestellt hat! Wenn es ihn überhaupt je gegeben hat! Vielleicht war es ja nur ein Scherz … Es ist bekannt, dass Seeräuberlegenden oft der Fantasie entsprungen sind und von Erzählern erdacht wurden, um den Leuten auf See die Zeit zu verkürzen …«

»Das wäre aber schade …« Marta sagte laut, was beide Kinder dachten. »Es wäre doch schön gewesen, herauszufinden, dass es Einauges Schatz wirklich gibt und dass jemand ihn früher oder später finden wird!«

19. Oktober 1943

Was für ein Pech! All die Jahre habe ich gegraben, gewühlt, jede Ecke, jede Ritze, die hinterste Spalte durchsucht. Und nicht begriffen, dass nur an dem einen, diesem einzigen Tag der ganze Fels von der Sonne beschienen wird! Jahre habe ich gebraucht, um zu verstehen, dass es nur den einen perfekten Zeitpunkt gibt, an dem der Schatten jenes verdammten Schwertes auf die richtige Stelle fällt, im richtigen Winkel ... um den einen, den einzigen Punkt zu bestimmen, von dem aus der unterirdische Gang zu finden ist ... Nach Jahren erst habe ich begriffen, dass der Fels nie vollständig im Licht stand. Und als ich ihn schließlich so ganz in der Sonne sah, da ist mir endlich ein Licht aufgegangen. Einauge, du Bastard – an diesem und an keinem anderen Tag musste es sein. Aber damit nicht genug! Eine ganz bestimmte Stunde musstest du dir aussuchen, um deinen Schatz zu verstecken, verfluchter Pirat. Und dann – Pech und Schwefel! –, dann habe ich es geschafft, hier zu sein, an dem einen Tag, dem richtigen. Ich habe ihn gesehen, deinen vermaledeiten Schatz, ich habe ihn leuchten sehen in meinen Händen – die goldenen Münzen, das Bernstein, die Edelsteine, den Schmuck ... Richtiger Tag, richtiger Sonnenstand, richtiger Schatten. Alles richtig, alles perfekt! Nach all den Jahren! Und dann landen hier diese blöden Deutschen!

Heute, ausgerechnet heute, sind die Deutschen auf der Insel gelandet und haben sie besetzt. Ich habe sie kommen hören, habe gesehen, wie sie mein Schiff durchsucht haben. Sie wollten es sogar beschlagnahmen, die Mistkerle. Tausend Erklärungen musste ich abgeben, damit sie mich gehen ließen, und auch das nur unter scharfer Bewachung. Den Schatz mitnehmen, nur damit er den Deutschen in die Hände fällt – ausgeschlossen. Ich muss warten. Warten! Und ihn dort lassen, wo er seit Jahrhunderten liegt. Wie lange noch? Wie lange? Und warum? Warum, verflucht noch mal!!!

Wie die Geschichte endet …

Der letzte Sonntag im Mai zur Mittagszeit: Im Hause Valé war der Tisch wie immer für die ganze Familie und diesmal außerdem für drei besondere Gäste gedeckt.

Die Oma hatte Ilde, Emilio und David Rubino zum Essen eingeladen. Die übliche kalte Platte stand auf dem Tisch, zusammen mit einem ausgesucht raffinierten Blumenschmuck. Die ganze Runde unterhielt sich angeregt über verborgene Schätze, Piraten, Verwünschungen und psychische Störungen.

»Leo, hast du denn wirklich gedacht, ich würde nichts von eurem ganzen Treiben merken? Auch ich lese Zeitung.« Leos Vater hielt die Seite mit dem Artikel über De Andreis' Verhaftung in der Hand. »Was steht hier? ›… zwei Jugendliche überfallen und bedroht, die im Rahmen eines Schulprojekts Nachforschungen anstellten …‹!?«

»Mama, du bist doch komplett verrückt! Die Kinder in so eine Geschichte mit hineinzuziehen! Du hast sie in Gefahr gebracht!«, hielt Elena ihr vor.

Da schaltete Pietro sich ein. »Bitte hört doch erst einmal zu. Ich muss an dieser Stelle eine Lanze für unsere jungen Spürnasen brechen. Sie haben nämlich nach der Lösung des Falles ihren Kunstgeschichtelehrern ein Projekt über den Maler Casali vorgeschlagen, an dem sie mit viel Eifer und Fleiß gearbeitet haben und für das sie hervorragende Noten bekommen haben.«

»Das ist ja nicht schlecht!«, meinte Oscar, Martas Vater.

»Ich habe die Arbeit gelesen. Es ist eine sehr präzise und scharfsinnige Analyse darüber, wie die Ereignisse im Leben des Malers sein Werk beeinflusst haben«, fuhr Pietro fort. »Und dabei finde ich es wirklich bemerkenswert, wie die beiden Kinder die Parallelen im Leben Casalis und eines befreundeten Sammlers, Libero Avena, herausgearbeitet und eine durchaus glaubhafte These über den tragischen Tod des Künstlers aufgestellt haben.«

Elena unterbrach: »Noch so eine Schauergeschichte? Mama!«

»Die Sache ist nämlich so, dass Casali normalerweise Stillleben malte. Als

Avena bei ihm eine Reihe von Bildern in Auftrag gab, wechselte er abrupt den Stil und das Thema. Aber vor allem war er ab diesem Zeitpunkt nicht mehr er selbst. Man weiß, dass seine Leiche nie gefunden wurde, und Leo und Marta kamen zu der Schlussfolgerung, es müsse dieser Avena gewesen sein, der ihn getötet und ins Meer geworfen habe. Aus welchem Grund? Nun, Casali hatte die Landkarte gesehen, auf die sich die von ihm gemalten Bilder bezogen, und hatte sie abgezeichnet. Da er nicht verstand, auf welchen Ort sie sich bezog, versuchte er, von Avena die Informationen zu erpressen, doch der brachte ihn um. Sie waren beide von der gleichen Idee besessen: Einauges Schatz. Und ich habe einen wenn auch nur schwachen Beweis für diese These gefunden.«

Die Vermutungen der Kinder hatten den Opa so neugierig gemacht, dass er beschlossen hatte, seine Studien als Latinist kurzfristig zugunsten eines Besuchs in der Stadtbibliothek zu unterbrechen. In den Archiven der lokalen Tageszeitungen war er auf einen Artikel aus dem Jahr 1946 über den Tod von Libero Avena gestoßen.

SICH SELBST ANGEZÜNDET UND INFERNO ENTFACHT

Ursachen des Brandes im Hafen von Magliano aufgeklärt

Micca, 7. Juli 1946 – Das Rätsel des Brandes, bei dem in der vergangenen Woche der Hafen von Magliano vollständig zerstört wurde, ist gelöst. Trotz des lobenswerten Einsatzes der Kriminalpolizei konnten die Ursachen der Katastrophe zunächst nicht geklärt werden. Heute wurde bekannt gegeben, dass ein gewisser Libero Avena, ein seit geraumer Zeit an den Beinen gelähmter Abenteurer, sein eigenes Boot in Brand steckte und dadurch das zerstörerische Feuer auslöste, bei dem auch zwei Fischer ums Leben kamen. Avenas völlig verkohlte Leiche wurde von seinem Sohn identifiziert. Sie konnte erst geborgen werden, als die Feuerwehr den Brand, der einen Großteil des Hafens zerstörte, vollständig gelöscht hatte. Der Mann hatte offenbar einen Kanister Benzin benutzt. In der Asche wurden einige Seiten eines Schulhefts gefunden, die auf wundersame Weise das Flammeninferno überstanden haben. Vielleicht wollte der Mann eine Botschaft hinterlassen. Oder es handelte sich um sein Tagebuch. Darauf scheinen Textfragmente hinzuweisen, die auf einer Seite noch zu entziffern waren: ein Datum, der 10. Juni 1944, und wenige Worte: »… ins Meer geworfen. In den feuchten Sarg, zum … mit den Fischen!« Nichts, was irgendwie auf seine letzte Absicht schließen ließe. Es erscheint allerdings höchst unwahrscheinlich, dass der Brand durch ein Versehen ausgebrochen sein könnte. In diesem Fall wäre es Avena, der sich allein auf dem Schiff befand, obwohl er sich nur im Rollstuhl fortbewegte, kaum möglich gewesen, sich zu retten.

»Habt ihr das gehört? ›10. Juni 1944. Ins Meer geworfen. In den feuchten Sarg, zum … mit den Fischen!‹ Er hat jemanden ins Meer geworfen! Und wen, wenn nicht seinen Freund Casali? *Etiam capillus unus habet umbram suam.*«

»Bitte?«, fragte Marta.

»Auch noch ein einziges Haar wirft seinen Schatten …«

»Pietro, du überraschst mich doch immer wieder!« Flora war voller Bewunderung.

»Und das alles wegen der verrückten Idee von diesem Schatz!«, meinte Rubino. »Ein Schatz, der schon eine Menge Leute in den Wahnsinn getrieben hat. Ein Schatz, den es am Ende gar nicht gibt!«

Doch hier warfen sich Marta und Leo verschwörerische Blicke zu und lockten die Oma unter einem Vorwand ins Wohnzimmer.

»Wer sagt denn, dass es ihn nicht gibt?« Marta war vor Aufregung ganz zappelig.

»Was meinst du damit?«

»Nun, wir glauben … es könnte doch sein …«

»Was habt ihr denn jetzt wieder entdeckt?«

»Oma, vielleicht stimmt es nicht ganz, dass da nichts ist … Vielleicht hat De Andreis einfach nicht gut genug gesucht … oder nicht richtig gesucht … in der richtigen Richtung …«, sagte Leo mit wissendem Blick.

»Was willst du damit sagen? Ihr seid doch nicht etwa auch verrückt geworden? Ihr werdet doch nicht wegen dieser Geschichte durchdrehen?«

»Oma, schau dir diese zwei Bilder einmal ganz genau an.« Marta legte Flora die Fotos der Gemälde vor die Nase. »Auf dem Bild mit dem Ritter ist der Schatten des Schwertes besonders auffällig gemalt, das heißt, dass es wirklich der Schatten ist, der die Richtung vorgibt.«

»Der Ritter ist vollständig von der Sonne beschienen, und das bedeutet, dass der Schatten, um den es geht, der ist, den das Schwert in diesem Moment wirft. Nun dreht sich aber die Erde nicht immer im gleichen Abstand und im gleichen Winkel um die Sonne. Das haben wir gerade in den letzten Tagen in der Schule gelernt … Das heißt, dass die Sonne je nach Jahreszeit und Monat den Ritter zu unterschiedlichen Tageszeiten bescheint und dass er jedes Jahr nur zweimal zu einem ganz bestimmten Zeitpunkt komplett in der Sonne steht«, ergänzte Leo.

»Ja klar, verstanden. Weiter.«

»Man müsste also wissen, wann genau der Schatten den richtigen Punkt anzeigt, von dem aus man den Schatz suchen muss, verstehst du?«

»Ich muss gestehen, dass ich da nicht mehr ganz mitkomme.«

Leo und Marta brauchten eine ganze Reihe von Zeichnungen mit schematischen Darstellungen von Erdbahnen, Ellipsen, von Tagundnachtgleiche und Sonnenwenden, bis die Oma endlich sagte: »Gut, klar. Sonst gäbe es ja keine Jahreszeiten.«

»So, und jetzt schau dir das Bild mit dem Ritter noch einmal ganz genau an. Siehst du die Fahne? Und dann die Fahne im letzten Bild? Sieh dir mal die Sanduhr an, wie die gemalt wurde.«

»Ich sehe sie.«

»Und …?«, fragte Marta. »Siehst du nur die Sanduhr und sonst nichts? Siehst du nicht etwa ein X?«

»Doch, tatsächlich … vielleicht sogar zwei …«

»Hervorragend, Oma! Zwei X sind's. Ich weiß nicht mehr, ob du dich erinnerst, aber das Bild hieß ›Il Segnatempo‹ – ›Der Zeitgeber‹. Und was würde der Opa zu diesem X sagen?«, fragte Leo grinsend. »Er würde vor allem sagen, das sei eine römische Zehn. Und dann würde er sagen: ›Hora decima. Zeit für den kleinen Hunger.‹ Vier Uhr nachmittags! Was konnte man sich Besseres ausdenken als eine Sanduhr, dieses Sinnbild für die Zeit, um den Hinweis auf eine bestimmte Uhrzeit zu verschlüsseln?«

»Moment, ihr denkt also, man müsse den Schatz um vier Uhr nachmittags an einem ganz bestimmten Tag suchen, aber an welchem denn?«

»Wir hatten zwei X, richtig? Was könnte denn das zweite X bedeuten?« Martas Augen flackerten vor Stolz. »Zehnter Monat, das ist der Oktober! Erinnerst du dich an das Ordensregister, von dem Gerardi in seinem Buch schreibt? Wo Einauges Geburtsdatum eingetragen war?«

»Ja, sicher, jetzt, wo ihr mir das sagt … aber was für ein Datum war es?«

»Der 19. Oktober. Auf dem Bild mit der Sanduhr steht die Zahl 1943. Wir dachten, das würde sich auf das Jahr beziehen, in dem Avena den Schatz gefunden hat, weißt du noch? Inzwischen sind wir überzeugt, dass es nicht so ist. Oder nicht nur so. Das Bild enthält noch eine weitere Information und die Hinweise müssen anders gedeutet werden.« Leo schrieb auf ein Blatt: 19 X 43 X. Und las dann vor: »Neunzehnter Oktober 1943, Hora decima.«

»Und jetzt fülle ich mit den Zahlen meinen Lottoschein aus!«, lachte die Oma.

»Komm, Oma, lenk nicht ab! Das ist ganz bestimmt so! Wir glauben, dass die drei ersten Bilder das Geheimnis des Seeräubers Einauge verschlüsseln, aber hier im letzten steckt das Geheimnis von Libero Avena. Er *hat* den Schatz gefunden, an jenem Tag zu jener Stunde, und er hat ganz genaue Angaben dazu hinterlassen, damit jemand anderer ihn finden kann.«

»Ja, schon möglich, allerdings sind die Hinweise doch ganz schön rätselhaft. Schwer zu deuten, sogar für Bettie Lynx. Ich weiß nicht so recht …«

»Aber, Oma, was braucht es denn noch, um dich zu überzeugen? Wann ist De Andreis nach Petrosa gereist?«

Da erst ging der Oma, erschöpft wie sie war, ein Licht auf: »De Andreis war im Mai auf Petrosa! Er konnte gar nichts finden … Er wird all das gar nicht verstanden haben … Sicher ist er dem Schatten in eine falsche Richtung gefolgt!«

»Also dann, liebe Oma …«

Doch da trat Giovanni ins Zimmer und bekam gerade noch mit, wie Marta und Leo die Oma mit einem besorgniserregenden Vorschlag zu ködern versuchten: »… Oktober auf Petrosa?«

ENDE

YOUNG INVESTIGATORS

Krimimeter

Name des Detektivs/der Detektivin: ____________________

Schreibe deine Antworten auf die Testfragen in die dafür vorgesehene Zeile. Wenn die Antwort richtig ist, kannst du in der rechten Spalte die entsprechende Punktzahl eintragen.

TEST Nr. 1 **10** PUNKTE	**Was für Hinweise haben Leo und Marta auf den roten Eckornamenten des Bildes gefunden? Was bedeuten sie, wenn man sie aneinanderreiht?** 1. Buchstaben z ein Wort	**Punkte** 5
TEST Nr. 2 **10** PUNKTE	**Welche der Landkarten im Katalog hat einen Zusammenhang mit einem anderen Beweisstück?** Die vom Titelblatt des Katalogs	**Punkte** 10
TEST Nr. 3 **20** PUNKTE	**Was sagt dir dein Riecher? In welche Richtung würdest du ermitteln? Welche Spur führt weiter? Die mit den Hunden oder die mit den Bildern?** Ich glaub BEIDE	**Punkte** 10
TEST Nr. 4 **20** PUNKTE	**In den roten Eckornamenten eines der Bilder scheint ein Fehler zu stecken. Welcher Fehler ist es und in welchem Bild befindet er sich?** IKA = ALI = Bild 2	**Punkte** 20
TEST Nr. 5 **20** PUNKTE	**Was bedeuten die Worte WILDER BERGE SÜDEN BUCHT?**	**Punkte**
TEST Nr. 6 **5** PUNKTE **5** PUNKTE	**1. Welche Worte hat Professor Gerardi entziffert?** **2. Auf welches andere Dokument weist diese Inschrift hin?**	**Punkte**
TEST Nr. 7 **80** PUNKTE	**Eine Verbindung zwischen mehreren Beweisstücken hat die richtige Schlussfolgerung ermöglicht. Wen halten Leo und Marta für den Schuldigen?**	**Punkte**
	GESAMTSUMME **Auf der nächsten Seite kannst du nachlesen, was für ein Detektiv du mit deinen gesammelten Punkten bist!**	**Punkte**

Was für ein Detektiv bist du?

0 bis 15 Punkte: ROTZNÄSCHEN

Keine Einstufung möglich!, um es mal nett zu sagen. Rotznäschen, so ein Schnupfen ist hartnäckig, aber was soll's: Es ist noch kein Detektiv vom Himmel gefallen. Es gibt ja noch anderes im Leben, das Spaß macht: Fahrrad fahren, Musik hören, Krimis einfach nur zum Spaß lesen … Mach's gut!

20 bis 60 Punkte: SPÜRNÄSCHEN

Schwache Leistung! Spürnäschen möchte gern, kann aber (noch) nicht so recht. Mehr gut gemeint als wirklich gut. Da ist nicht nichts, aber da ist auch nicht viel. Eine Spur von Riecher, aber noch zu wenig für einen Spürhund. Da fehlt noch eine satte Portion Intuition. Da musst du noch mal ran, gib dir Mühe – wir sehen uns wieder! Bis bald.

65 bis 120 Punkte: KLEINER SPÜRHUND

Gute Leistung! Beim kleinen Spürhund denkt man an einen Welpen: klein, knuffig, süß – aber noch sehr verletzlich und schutzbedürftig. Manchen gefällt es gerade so kuschelig und verspielt; der Ernst des Lebens kann warten. Aber, aber, aber: Ein Krimi ist etwas anderes, ein Detektiv braucht mehr. Der muss seinen Mann oder seine Frau stehen können. Mit scharfem Blick, der durchschaut und begreift. So wie du, wenn du dir noch etwas mehr Mühe gibst: klarer, kühner, kühler, kreativer, konsequenter, knallhart, wenn es sein muss. Für einen wie dich ist das alles nur einen Wimpernschlag entfernt.

125 bis 160 Punkte: GROSSER SCHNÜFFLER

Supernase! Olympisches Gold, erster Preis, Primus, first class. Nur ist das hier noch nicht genug. Versteh uns nicht falsch: Wir gratulieren, Glückwunsch! Aber wie die Lehrer in der Schule sagen: »Intelligent, fleißig, aber könnte noch mehr leisten«. Die Leier ist altbekannt, hat aber hier mal ausnahmsweise ihre Berechtigung. Weil du noch nicht ganz ins Schwarze getroffen hast, dir der allerletzte Schliff noch fehlt. Aber wenn du nun schon Gold hast, wäre es doch schade, dich damit zu begnügen. Es fehlt noch eine letzte Anstrengung. Oder warst du etwa nur abgelenkt? Komm, denk noch mal nach, du schaffst es!

160 bis 170 Punkte: YOUNG INVESTIGATOR

Geschafft – einsame Spitzenklasse! Stehender Applaus, minutenlange Ovationen! Pauken, Posaunen, Trompeten, ganz großes Orchester! Für Maigret hast du nur ein mitleidiges Lächeln übrig, für Hercule Poirot ein Lachen von Herzen, bei Nero Wolfe musst du weinen vor Lachen, bei Sherlock Holmes nur noch weinen. Du wolltest Ingenieur werden, Programmierer, Friseur, Damenschneiderin, Fluglotse, Jetpilotin, Topmodel, Konditorin? Lass es! Du bist der geborene Detektiv! Bravo, bravo, bravo!!!

YOUNG INVESTIGATORS

Krimimeter

Name des Detektivs/der Detektivin: Jasmin

Schreibe deine Antworten auf die Testfragen in die dafür vorgesehene Zeile. Wenn die Antwort richtig ist, kannst du in der rechten Spalte die entsprechende Punktzahl eintragen.

TEST Nr. 1 **10 PUNKTE**	**Was für Hinweise haben Leo und Marta auf den roten Eckornamenten des Bildes gefunden? Was bedeuten sie, wenn man sie aneinanderreiht?** Buchstaben: A.R. Casali (Maler)	**Punkte** 10
TEST Nr. 2 **10 PUNKTE**	**Welche der Landkarten im Katalog hat einen Zusammenhang mit einem anderen Beweisstück?** Das Titelblatt des Katalogs	**Punkte**
TEST Nr. 3 **20 PUNKTE**	**Was sagt dir dein Riecher? In welche Richtung würdest du ermitteln? Welche Spur führt weiter? Die mit den Hunden oder die mit den Bildern?** Ich denke die Spur mit den Bildern	**Punkte**
TEST Nr. 4 **20 PUNKTE**	**In den roten Eckornamenten eines der Bilder scheint ein Fehler zu stecken. Welcher Fehler ist es und in welchem Bild befindet er sich?**	**Punkte**
TEST Nr. 5 **20 PUNKTE**	**Was bedeuten die Worte WILDER BERGE SÜDEN BUCHT?**	**Punkte**
TEST Nr. 6 **5 PUNKTE**	**1. Welche Worte hat Professor Gerardi entziffert?**	**Punkte**
5 PUNKTE	**2. Auf welches andere Dokument weist diese Inschrift hin?**	
TEST Nr. 7 **80 PUNKTE**	**Eine Verbindung zwischen mehreren Beweisstücken hat die richtige Schlussfolgerung ermöglicht. Wen halten Leo und Marta für den Schuldigen?**	**Punkte**
	GESAMTSUMME **Auf der nächsten Seite kannst du nachlesen, was für ein Detektiv du mit deinen gesammelten Punkten bist!**	**Punkte**

Was für ein Detektiv bist du?

0 bis 15 Punkte: ROTZNÄSCHEN

Keine Einstufung möglich!, um es mal nett zu sagen. Rotznäschen, so ein Schnupfen ist hartnäckig, aber was soll's: Es ist noch kein Detektiv vom Himmel gefallen. Es gibt ja noch anderes im Leben, das Spaß macht: Fahrrad fahren, Musik hören, Krimis einfach nur zum Spaß lesen … Mach's gut!

20 bis 60 Punkte: SPÜRNÄSCHEN

Schwache Leistung! Spürnäschen möchte gern, kann aber (noch) nicht so recht. Mehr gut gemeint als wirklich gut. Da ist nicht nichts, aber da ist auch nicht viel. Eine Spur von Riecher, aber noch zu wenig für einen Spürhund. Da fehlt noch eine satte Portion Intuition. Da musst du noch mal ran, gib dir Mühe – wir sehen uns wieder! Bis bald.

65 bis 120 Punkte: KLEINER SPÜRHUND

Gute Leistung! Beim kleinen Spürhund denkt man an einen Welpen: klein, knuffig, süß – aber noch sehr verletzlich und schutzbedürftig. Manchen gefällt es gerade so kuschelig und verspielt; der Ernst des Lebens kann warten. Aber, aber, aber: Ein Krimi ist etwas anderes, ein Detektiv braucht mehr. Der muss seinen Mann oder seine Frau stehen können. Mit scharfem Blick, der durchschaut und begreift. So wie du, wenn du dir noch etwas mehr Mühe gibst: klarer, kühner, kühler, kreativer, konsequenter, knallhart, wenn es sein muss. Für einen wie dich ist das alles nur einen Wimpernschlag entfernt.

125 bis 160 Punkte: GROSSER SCHNÜFFLER

Supernase! Olympisches Gold, erster Preis, Primus, first class. Nur ist das hier noch nicht genug. Versteh uns nicht falsch: Wir gratulieren, Glückwunsch! Aber wie die Lehrer in der Schule sagen: »Intelligent, fleißig, aber könnte noch mehr leisten«. Die Leier ist altbekannt, hat aber hier mal ausnahmsweise ihre Berechtigung. Weil du noch nicht ganz ins Schwarze getroffen hast, dir der allerletzte Schliff noch fehlt. Aber wenn du nun schon Gold hast, wäre es doch schade, dich damit zu begnügen. Es fehlt noch eine letzte Anstrengung. Oder warst du etwa nur abgelenkt? Komm, denk noch mal nach, du schaffst es!

160 bis 170 Punkte: YOUNG INVESTIGATOR

Geschafft – einsame Spitzenklasse! Stehender Applaus, minutenlange Ovationen! Pauken, Posaunen, Trompeten, ganz großes Orchester! Für Maigret hast du nur ein mitleidiges Lächeln übrig, für Hercule Poirot ein Lachen von Herzen, bei Nero Wolfe musst du weinen vor Lachen, bei Sherlock Holmes nur noch weinen. Du wolltest Ingenieur werden, Programmierer, Friseur, Damenschneiderin, Fluglotse, Jetpilotin, Topmodel, Konditorin? Lass es! Du bist der geborene Detektiv! Bravo, bravo, bravo!!!

Krimimeter

Name des Detektivs/der Detektivin: ______________________

Schreibe deine Antworten auf die Testfragen in die dafür vorgesehene Zeile. Wenn die Antwort richtig ist, kannst du in der rechten Spalte die entsprechende Punktzahl eintragen.

TEST Nr. 1 10 PUNKTE	**Was für Hinweise haben Leo und Marta auf den roten Eckornamenten des Bildes gefunden? Was bedeuten sie, wenn man sie aneinanderreiht?**	**Punkte**
TEST Nr. 2 10 PUNKTE	**Welche der Landkarten im Katalog hat einen Zusammenhang mit einem anderen Beweisstück?**	**Punkte**
TEST Nr. 3 20 PUNKTE	**Was sagt dir dein Riecher? In welche Richtung würdest du ermitteln? Welche Spur führt weiter? Die mit den Hunden oder die mit den Bildern?**	**Punkte**
TEST Nr. 4 20 PUNKTE	**In den roten Eckornamenten eines der Bilder scheint ein Fehler zu stecken. Welcher Fehler ist es und in welchem Bild befindet er sich?**	**Punkte**
TEST Nr. 5 20 PUNKTE	**Was bedeuten die Worte WILDER BERGE SÜDEN BUCHT?**	**Punkte**
TEST Nr. 6 5 PUNKTE	**1. Welche Worte hat Professor Gerardi entziffert?**	**Punkte**
5 PUNKTE	**2. Auf welches andere Dokument weist diese Inschrift hin?**	
TEST Nr. 7 80 PUNKTE	**Eine Verbindung zwischen mehreren Beweisstücken hat die richtige Schlussfolgerung ermöglicht. Wen halten Leo und Marta für den Schuldigen?**	**Punkte**
	GESAMTSUMME **Auf der nächsten Seite kannst du nachlesen, was für ein Detektiv du mit deinen gesammelten Punkten bist!**	**Punkte**

Was für ein Detektiv bist du?

0 bis 15 Punkte: ROTZNÄSCHEN
Keine Einstufung möglich!, um es mal nett zu sagen. Rotznäschen, so ein Schnupfen ist hartnäckig, aber was soll's: Es ist noch kein Detektiv vom Himmel gefallen. Es gibt ja noch anderes im Leben, das Spaß macht: Fahrrad fahren, Musik hören, Krimis einfach nur zum Spaß lesen ... Mach's gut!

20 bis 60 Punkte: SPÜRNÄSCHEN
Schwache Leistung! Spürnäschen möchte gern, kann aber (noch) nicht so recht. Mehr gut gemeint als wirklich gut. Da ist nicht nichts, aber da ist auch nicht viel. Eine Spur von Riecher, aber noch zu wenig für einen Spürhund. Da fehlt noch eine satte Portion Intuition. Da musst du noch mal ran, gib dir Mühe – wir sehen uns wieder! Bis bald.

65 bis 120 Punkte: KLEINER SPÜRHUND
Gute Leistung! Beim kleinen Spürhund denkt man an einen Welpen: klein, knuffig, süß – aber noch sehr verletzlich und schutzbedürftig. Manchen gefällt es gerade so kuschelig und verspielt; der Ernst des Lebens kann warten. Aber, aber, aber: Ein Krimi ist etwas anderes, ein Detektiv braucht mehr. Der muss seinen Mann oder seine Frau stehen können. Mit scharfem Blick, der durchschaut und begreift. So wie du, wenn du dir noch etwas mehr Mühe gibst: klarer, kühner, kühler, kreativer, konsequenter, knallhart, wenn es sein muss. Für einen wie dich ist das alles nur einen Wimpernschlag entfernt.

125 bis 160 Punkte: GROSSER SCHNÜFFLER
Supernase! Olympisches Gold, erster Preis, Primus, first class. Nur ist das hier noch nicht genug. Versteh uns nicht falsch: Wir gratulieren, Glückwunsch! Aber wie die Lehrer in der Schule sagen: »Intelligent, fleißig, aber könnte noch mehr leisten«. Die Leier ist altbekannt, hat aber hier mal ausnahmsweise ihre Berechtigung. Weil du noch nicht ganz ins Schwarze getroffen hast, dir der allerletzte Schliff noch fehlt. Aber wenn du nun schon Gold hast, wäre es doch schade, dich damit zu begnügen. Es fehlt noch eine letzte Anstrengung. Oder warst du etwa nur abgelenkt? Komm, denk noch mal nach, du schaffst es!

160 bis 170 Punkte: YOUNG INVESTIGATOR
Geschafft – einsame Spitzenklasse! Stehender Applaus, minutenlange Ovationen! Pauken, Posaunen, Trompeten, ganz großes Orchester! Für Maigret hast du nur ein mitleidiges Lächeln übrig, für Hercule Poirot ein Lachen von Herzen, bei Nero Wolfe musst du weinen vor Lachen, bei Sherlock Holmes nur noch weinen. Du wolltest Ingenieur werden, Programmierer, Friseur, Damenschneiderin, Fluglotse, Jetpilotin, Topmodel, Konditorin? Lass es! Du bist der geborene Detektiv! Bravo, bravo, bravo!!!

YOUNG INVESTIGATORS

Krimimeter

Name des Detektivs/der Detektivin: ____________________

Schreibe deine Antworten auf die Testfragen in die dafür vorgesehene Zeile. Wenn die Antwort richtig ist, kannst du in der rechten Spalte die entsprechende Punktzahl eintragen.

TEST Nr. 1 10 PUNKTE	**Was für Hinweise haben Leo und Marta auf den roten Eckornamenten des Bildes gefunden? Was bedeuten sie, wenn man sie aneinanderreiht?** ____________________	**Punkte** ______
TEST Nr. 2 10 PUNKTE	**Welche der Landkarten im Katalog hat einen Zusammenhang mit einem anderen Beweisstück?** ____________________	**Punkte** ______
TEST Nr. 3 20 PUNKTE	**Was sagt dir dein Riecher? In welche Richtung würdest du ermitteln? Welche Spur führt weiter? Die mit den Hunden oder die mit den Bildern?** ____________________	**Punkte** ______
TEST Nr. 4 20 PUNKTE	**In den roten Eckornamenten eines der Bilder scheint ein Fehler zu stecken. Welcher Fehler ist es und in welchem Bild befindet er sich?** ____________________	**Punkte** ______
TEST Nr. 5 20 PUNKTE	**Was bedeuten die Worte WILDER BERGE SÜDEN BUCHT?** ____________________	**Punkte** ______
TEST Nr. 6 5 PUNKTE / 5 PUNKTE	**1. Welche Worte hat Professor Gerardi entziffert?** ____________________ **2. Auf welches andere Dokument weist diese Inschrift hin?** ____________________	**Punkte** ______ ______
TEST Nr. 7 80 PUNKTE	**Eine Verbindung zwischen mehreren Beweisstücken hat die richtige Schlussfolgerung ermöglicht. Wen halten Leo und Marta für den Schuldigen?** ____________________	**Punkte** ______
	GESAMTSUMME **Auf der nächsten Seite kannst du nachlesen, was für ein Detektiv du mit deinen gesammelten Punkten bist!**	**Punkte** ______

Was für ein Detektiv bist du?

0 bis 15 Punkte: ROTZNÄSCHEN

Keine Einstufung möglich!, um es mal nett zu sagen. Rotznäschen, so ein Schnupfen ist hartnäckig, aber was soll's: Es ist noch kein Detektiv vom Himmel gefallen. Es gibt ja noch anderes im Leben, das Spaß macht: Fahrrad fahren, Musik hören, Krimis einfach nur zum Spaß lesen ... Mach's gut!

20 bis 60 Punkte: SPÜRNÄSCHEN

Schwache Leistung! Spürnäschen möchte gern, kann aber (noch) nicht so recht. Mehr gut gemeint als wirklich gut. Da ist nicht nichts, aber da ist auch nicht viel. Eine Spur von Riecher, aber noch zu wenig für einen Spürhund. Da fehlt noch eine satte Portion Intuition. Da musst du noch mal ran, gib dir Mühe – wir sehen uns wieder! Bis bald.

65 bis 120 Punkte: KLEINER SPÜRHUND

Gute Leistung! Beim kleinen Spürhund denkt man an einen Welpen: klein, knuffig, süß – aber noch sehr verletzlich und schutzbedürftig. Manchen gefällt es gerade so kuschelig und verspielt; der Ernst des Lebens kann warten. Aber, aber, aber: Ein Krimi ist etwas anderes, ein Detektiv braucht mehr. Der muss seinen Mann oder seine Frau stehen können. Mit scharfem Blick, der durchschaut und begreift. So wie du, wenn du dir noch etwas mehr Mühe gibst: klarer, kühner, kühler, kreativer, konsequenter, knallhart, wenn es sein muss. Für einen wie dich ist das alles nur einen Wimpernschlag entfernt.

125 bis 160 Punkte: GROSSER SCHNÜFFLER

Supernase! Olympisches Gold, erster Preis, Primus, first class. Nur ist das hier noch nicht genug. Versteh uns nicht falsch: Wir gratulieren, Glückwunsch! Aber wie die Lehrer in der Schule sagen: »Intelligent, fleißig, aber könnte noch mehr leisten«. Die Leier ist altbekannt, hat aber hier mal ausnahmsweise ihre Berechtigung. Weil du noch nicht ganz ins Schwarze getroffen hast, dir der allerletzte Schliff noch fehlt. Aber wenn du nun schon Gold hast, wäre es doch schade, dich damit zu begnügen. Es fehlt noch eine letzte Anstrengung. Oder warst du etwa nur abgelenkt? Komm, denk noch mal nach, du schaffst es!

160 bis 170 Punkte: YOUNG INVESTIGATOR

Geschafft – einsame Spitzenklasse! Stehender Applaus, minutenlange Ovationen! Pauken, Posaunen, Trompeten, ganz großes Orchester! Für Maigret hast du nur ein mitleidiges Lächeln übrig, für Hercule Poirot ein Lachen von Herzen, bei Nero Wolfe musst du weinen vor Lachen, bei Sherlock Holmes nur noch weinen. Du wolltest Ingenieur werden, Programmierer, Friseur, Damenschneiderin, Fluglotse, Jetpilotin, Topmodel, Konditorin? Lass es! Du bist der geborene Detektiv! Bravo, bravo, bravo!!!

Aussprachehinweise für interessierte Leserinnen und Leser

Auf Italienisch wird vieles anders ausgesprochen als auf Deutsch. Für die, die Spaß an der Sprache haben und es gerne versuchen möchten, hier ein paar wichtige Ausspracheregeln zu Wörtern und Namen, die in diesem Buch vorkommen:

Das »g« wird vor »e« und »i« wie ein »dsch« gesprochen:

Der Professor spricht sich also richtig Dscherardi – schön weich! Der entführte Dobermann heißt Dschippo und Crispones sonnenverbrannte Bekannte Dschanna – das »i« hört man nicht mehr.

Wie heißt dann Leos Vater? – Richtig: Dschovanni, das »i« wird verschluckt.

Vor den dunklen Vokalen »a«, »o« und »u« ist das »g« ein »g« wie unseres: Gobis (Martas Familienname) bleibt Gobis.

Das »c« dagegen ist vor »e« und »i« ein »tsch«. Das erste »c« in Francesco fällt darunter. Aber Vorsicht! Vor einem »a«, »o« oder »u« ist das »c« hart und klingt ähnlich wie unser »k« (»k« kommt im Italienischen gar nicht vor). Also, der Name von Martas Bruder Francesco klingt so: Frantschesko, ihr Papa Oscar spricht sich Oskar wie im Deutschen. Und wie heißt der Maler? Schreibt sich Casali, klingt wie Kasali – alles klar!